手記

私と熊本地震

熊本日日新聞社

刊行にあたって

読者の皆さんに熊本地震の体験手記を募集しましたところ、２００点以上もの作品を寄せていただきました。このうち約70点を1年間にわたって熊日紙面に掲載。本書は、それらを1冊にまとめたものです。地震は、人命をはじめ家や家財、橋、道路、田畑といった多くのものを奪いました。従来の価値観、あるいは人生観を変えてしまうほどの衝撃でした。

手記からは、２回の大地震に見舞われ、壮絶な体験をされた様子が手に取るように伝わってきました。けれども、そんな体験を経たからこそ、大事なことにあらためて気付かされました。ほかでもない、普通に暮らしていけることの貴さです。そして人は、支え合いながら生きているということです。

一方、大地震の経験を踏まえて、大切な役割を担うことにもなりました。体験したことや、それを通して学んだことを伝える役割です。

このような大地震を誰が予想したでしょうか。しかし、実際にはどこででも起こり得ることでした。地震だけではありません。台風に豪雨、津波、火山の噴火、地滑り…。さまざまな災害から免れることができない日本は、「災害列島」と呼んでもおかしくありません。

にもかかわらず、人間は「忘れる動物」とも言われます。本人の体験でなければなおさらのこと。本書を通じて「地震の記憶を風化させない」との思いが、いただいたご支援に対する感謝の気持ちとともに、多くの人々に伝わることを願ってやみません。

２０１８年7月

熊本日日新聞社編集局長　荒木　正博

手記　私と熊本地震　◇　目次

刊行にあたって　1
手　記
いつか前へ　野口ちづる　10
スイセンが咲く日　山口　恵子　12
あの地震さえ、なかったら　村﨑　文昶　14
心ぱいしているおじいちゃんへ　飯村　倫矢　16
強気な私だったが…　山口　郷子　18
大学生に支えられて　橋本　綾　20
避難生活をして感じたこと　上田美知子　22
本当の一歩を歩みはじめて　林原　あさ　24
悪いことばかりじゃない　鹿子木悠斗　26
抱擁　谷　千津　28
帰ってきた「さち」　田上けさみ　30
猫たちが私の帰りを待っている　小堀　蘭香　32
生徒に支えられて　酒井　晶子　34
学生がいた村　澤田　秀美　36

あの日を越えて　外村　昭子　38
備えあれば…亡夫に感謝　高木　容子　40
しあわせ運べるように　久恒　智子　42
カルデラからの脱出　今村　雅美　44
多くのこと学べた体験　高山賢太郎　46
その時私は…　木村美喜子　48
世を照らす〝光齢者〟に　山本　徳雄　50
「あの日」から学んだこと　中満　優生　52
「被災者」になって　日永　るな　54
地震の神様いじめないで　松岡マチ子　56
全国からの支援　一生忘れない　大島　美佳　58
祖父たちの笑顔　中松　葵　60
感謝　米光セツミ　62
一変した町並みからの歩み　永田　淳子　64
変わらずに在ること　田邉　幸子　66
「人とのつながり」実感　村山　美晴　68

夫への感謝　後藤　菜穂　70
車の鍵と携帯電話と　岡　みなみ　72
一つの異変　木村　靖子　74
地震から見えたもの　茂永　教子　76
未来へのちかい　木下可奈子　78
地震を知らずに逝った妻　福永　征雄　80
子牛に勇気もらった　古澤セイ子　82
気づかされたこと　西村美和子　84
家族の会話　森　友美　86
家族との時間　髙濱　絢　88
公民館に笑顔が戻った日　佐賀由美子　90
変わらぬ命　安田　五月　92
言葉の力　嶋田　悦子　94
私の還暦　谷口　さよ　96
主人の大事さを思う　吉岡　広子　98
家具へのレクイエム　角居　幸江　100

油断大敵　西　洋史　102
忘れられた明治の教訓　大津山　量　104
ポケットに娘の手紙　迫丸　尚継　106
人との結び付き知った　福田　俊紀　108
おかげさまの日常　後藤　智香　110
ごみ置き場に笑顔の花咲く　渡辺　聖子　112
二つのふるさと　緒方　和子　114
散乱した遺骨に思う　杉野　桂子　116
前向き、前向き！　松尾　美優　118
そのとき、東京で　田中　暁美　120
苦難を乗り越える力　野田　哲也　122
4人の天使　向井ゆき子　124
熊本城と共に　野田　浩生　126
明日はきっと　河端　七美　128
復興見られなかった夫　宮本　儀子　130
ふるさとの人々と共に　宮﨑　明子　132

今日からあしたへ　西原多美子　134
あの日、90歳の母と2人で　合志美和子　136
ただ泣くばかり　福田　真弓　138
家族に支えられて　田﨑　悦子　140
地震が教えてくれたこと　森　絵里華　142
猫と一緒に車中泊　島田美恵子　144
「地震」は不意に…　田上美奈子　146
被災地から届いたもの　入部　一代　148
笑顔になれる日を信じて　池田　照子　150
あとがき　152
熊本地震2年の主な動き　154

本書は、「熊本日日新聞」朝刊の連載企画「手記　私と熊本地震」より、平成29年4月14日から連載終了の平成30年3月30日までの掲載分を収録。文中に登場する方々の年齢、住所等は、掲載時のまま紹介しています。

手記

いつか前へ

野口　ちづるさん（56歳）――看護師・益城町

「一生忘れることのできない記念日になっちゃったね」――。車中泊の長い夜が明けるのを待って、家の前に立った私たち夫婦は、２階部分が１階を押しつぶして全壊した姿を見てどちらからともなく声を発した。

２０１６年４月16日。この日は私たちの27回目の結婚記念日だった。前震でどうにか持ちこたえていたが２回目の震度７には耐えられなかったのだろう。無残な姿になってしまった。

震度７の恐怖は筆舌に尽くしがたいものだ。前震の時、自宅にいた私たちはすさまじい揺れに遭遇した。体験したことのない激しい縦揺れに、頭の中では「地震だ」と分かっているはずなのに、何か別のとてつもないことが起きているように感じ、娘と２人声にならない叫び声を上げながら抱き合っていた気がする。

家具が倒れる音、食器の落ちる音、ガラス戸が吹き飛ぶ音…。あの時のすべての音がトラウマのように耳に残って離れない。前の二つの大震災でも心が痛んだが、どこか人ごととして捉えている自分がいた。熊本では大きな地震は起きるはずがないと思っていた。

「絶対」なんてあり得ない。今回学んだ大きなことだ。そして、もう一つ。たくさんのたくさんの、本当に抱えきれないほどの善意と優しさをもらった。炊き出しの温かいおにぎりやみそ汁は涙が出るくらいおいしかった。自衛隊の入浴支援でお風呂をいただき、帰り際に「明日もどうぞ」と笑顔で声をかけてもらい心までほっこりした。ボランティアの人たちはつぶれた家の中に潜り、あきらめていた位牌《いはい》や娘の小さい頃のアルバムを取り出してくれた。「ありがとう」のひと言では言い表せないくらい感謝の気持ちでいっぱいだ。

また、「無事だよね」と短いメールを送ってくれた友人、物心両面での支援にお礼を言うと「家族と同じと思っているから。心配いらない」と言ってもらえた職場の上司、避難所生活の中であふれ出してしまう不安や悩みに、真摯《しんし》に耳を傾けてくれた姉や友人たち…。「どれだけたくさんの人に助けられ、生きているのだろう」と何度も思った。

避難所で初めて出会った9歳の女の子が、娘と話している時、「地震があって良かったと思う」と言ったという。娘がびっくりして理由を尋ねると、「地震はとても怖かったけれど、避難所に来なければここにいる人たちにも出会えなかったから」と答えたらしい。子どもたちに怖い思いは二度とさせたくないが、このような感性は大切にしてあげたいと思う。

全壊した家の解体も終わり、更地になった。前に進まなければいけないが、気持ち的にぐずぐずしてしまいまだまだ足踏みしている。キーケースの中に解体した家の鍵がいまも残っている。必要なくなったものだけれど捨てられない。家はなくなったけれど、思い出までも捨てたくないから。しっかりと自分の足で歩き出して生活を再建できた時、初めてさよならできるのかなと思っている。新しい思い出をつくるために。

（29・4・14付）

スイセンが咲く日

山口　恵子さん（61歳）――主婦・熊本市中央区

前震の後、怖さよりも疲れの方が勝ってしまい私はすっかり眠りこんでいた。本震の大きな揺れが襲ってきたのは、真夜中だった。

「お向かいの家が崩れてしまって…」。町内の中華料理店の奥さんが走ってきた。夫と、長男と次男、3人が明かりとなるものを手に走って行った。私が外に出ると、空き家となっていた古くて立派なおうちが、跡形もなく崩れ落ちており、もうもうと土けむりに包まれていた。

私たちが住む熊本市中央区本荘の通称「中通り」近辺は、戦災で焼けなかったため古いおうちも多い。古くても立派で、住めるおうちほど被害がでているようだ。消防車も救急車もやってきた。でもまだ余震も続く。

中通りからせどや（細い路地）を入ったところのご高齢のご夫婦が、崩れ落ちた家の中に閉じこめられてしまったという。真っ暗で余震も続く。中華料理店のご主人がわが身もかえりみず、閉じこめられた高齢の奥様だけは助けだしたらしい。中通りの有料駐車場の自動精算機の横に、靴をはけずに奥様が一人立っていた。中華料理店の奥さんが、「これを」と言ってサンダルをさし出してくださった。

「2人で〝マノリアル〟に行きましょう」。私は、近くの老人施設の名前を口にした。以前から水害の危険があるときは、新しいこの施設に頼らせていただいていたのだ。施設には多くの方が身を寄せていた。職員さんに事情を話すと、奥の会議室に案内してくださった。ありがたかった。ぬれタオルで奥様のよごれもふいてくださった。うれしかった。時間がとても長く感じられた。

明け方、私の携帯電話が鳴った。「死亡が確認されましたので、警察学校へご遺体をお運びします」。奥様を私に託した、女性警官からの電話だった。みんなが案じたことが起きてしまった。

数日後、あんなに動揺していた奥様がとても落ち着いて、「あきらめがつきました。まわりを心配させたらいかんから、しっかりします」とおっしゃった。きっとご主人は奥様をかばって…。奥様はそのご主人のお気持ちを推しはかったのだろう。

数年前、私は、お亡くなりになったご主人から、スイセンの球根をたくさんいただいていた。無口なご主人がわざわざ持ってきてくださったのだ。私の家の庭の片隅に、スイセンの球根は植えてある。この冬は花はつけなかった。でも葉はすくすくと伸びている。

奥様がほんとうの意味でお元気になられたころ、きっと美しい花が咲くのだろうと思っている。

（29・4・14付）

あの地震さえ、なかったら

村﨑　文昶《ふみあき》さん（79歳）——無職・熊本市西区

あの地震さえ、なかったら—。半世紀、共に暮らした妻晴美を71歳で亡くした。14日の地震でさえ死の恐怖を感じたのに、それ以上の激震がわずか翌々日の16日にくるとは夢想だにしていなかった。それも深夜の1時。「もうこの世の終わりだ」。妻と抱き合いながら、前震以上の死の恐怖を感じた。

その後の余震に、妻は敏感過ぎるほどの反応を示し、今思えば心の臓を極度に傷つけていたのだろう。自宅で病気療養中だったが心身共に弱っていたことを、身近に居ながら察知してやれず後悔しきりだ。5月31日、妻が体の不調を訴えたため入院の手はずを済ませ、「明日には病院で治療してもらえる」という夜の急逝であった。

その夜、私は苦しそうに大きな声を出しながら呼吸する妻の背中をさすってやることしかできなかった。異変に気付いた時、妻の手は冷たくなっていた。最期の言葉を交わすこともできなかった。

思えば、妻は我慢と辛抱の短い一生であった。

結婚当初の1967年、給与はまだ5桁の金額、その後バブル期があり多少の余裕ができたとはいえ、一人で子ども2人を立派に育ててくれた。私は同世代の大半の人と一緒で「仕事人間」。家庭のことはすべて妻に任せていた。

妻が急逝した今、家庭のことは全く分からず、戸惑うことばかりだ。日がたつにつれ、妻が良くやってくれたことが少しずつ分かり、頭に浮かんでくるのは「感謝、感謝」の言葉である。

今からという時に急逝した妻。

申し訳ない気持ちでいっぱい。あの時こうしておれば、あの時こうしていれば、と悔いばかりが残る。

いつも一緒に居てくれた妻。特に山歩きが趣味で、九州の山、九重連山にはよく行ったものだ。あれほど元気だったのに…。

悲しい毎日が続く、さびしい毎日、悔いが残る毎日、話しかけても返事がない会話、自分はこれから堪えていけるのだろうか。

あの地震さえなければ—。

（29・4・14付）

心ぱいしているおじいちゃんへ

飯村　倫矢《のりや》君（8歳）──東町小3年・熊本市東区

水戸のおじいちゃん、熊本地しんの時は、遠くからかけつけてくれてありがとう。2回強い地しんがあったのに、こわかっただけで、あまりはっきりおぼえていません。夜、東町小学校にひなんして、それからしばらく車の中でねたりして、家には、なかなか帰れませんでした。

ぼくの家はあそにもあります。おじいちゃんが来てくれたので、お父さんと3人であその家を見に行くことにしました。行くと中、益きの町に入ると道はでこぼこで、まわりの家はやねがこわれてもとの形がわからなくなっていました。山の方を見ると家が道ろの方にかたむいて、いまにもおちてきそうでした。車はまっすぐ進めなくて、人もいないしこわいくらいシーンとしていました。いつもの道はどこにいってしまったかと思うと、むねがどきどきして、汗をびっしょりかいていました。

南あそにつくと、家の中はいろんな物がこわれてぐちゃぐちゃになっていました。おじいちゃんとお父さんがいっしょうけんめいかたづけ始めたので、ぼくも白い軍手をはめてがんばりました。

うらの道ろに出たら、道がまん中からどすんとわれていて、中から黒いベットリしたものが見えていました。草もひっくりかえって根っこが丸出しでした。歩こうと思ったけど体がふわふわして、こけそうでした。こわくなっていそいでお父さんの所に帰りました。しばらくは、船にのっているようで気分がわるかったです。

かたづけがおわり帰ると中、「おじいちゃんは、体がいたくないかなあ。大丈夫かなあ」と心ぱいしたけど、一休温せんでビールをすごくおいしそうにのんでいるのを見て、少し安心しました。

おじいちゃん、ぼくはその後何回もあその家を見に行くけど、家のまわりは黒くて太い水道のホースが丸見えです。だからすごくおいしかった水をのむ気がしません。道もまだまだ、まがりくねったままです。だから行きも帰りもすごく時間がかかるので、ぼくはかならず気分がわるくなり、くるまよいしています。きついからあまり行きたくないです。

でも、おじいちゃん、きつくてこわくてかなしい思いをしたけれど、今度来る時は、きっとまたおいしい水がのめるし、大きくてすごくりっぱな橋がかかっていると思うので、ぜひ楽しみにしていてください。ぜったいまた来てください。まっています。倫矢より

（29・4・14付）

強気な私だったが…

山口　郷子《きょうこ》さん（47歳）――施設事務職員・熊本市中央区

いつだって一人で決めてその通りに動いていた。誰にも頼らず、自分の責任で私は2人の子供を育ててきた。常に緊張し、虚勢を張り強気に生きてきた。でも、あの時は違った。本当に死ぬ予感がした。4月16日―熊本地震・本震。

築40年のアパートはとてつもなく大きな化け物に揺さぶられた。食器の割れる音、バキバキときしむ柱。跳び起きた私は、これまで経験したことのない恐怖にパニックとなり泣きわめいた。大学生の娘も「こわい、こわい」と泣き叫び、高校生の長男は震える声で「早く逃げよう。早く、早く」と私をせかした。

軽自動車の中にいても、余震で車体は揺れ全く寝ることができない。仕事は休めない、明日の朝食は？　洗濯もたまっている。家の中の片付けどうしよう。トイレに行きたい。お風呂もまだ入ってない。どうしよう、どうしよう…。優先すべきことがわからない。

私は不安と恐怖で完全に判断力を欠いてしまった。

職場もひどい状況で、ライフラインが途絶え、皆疲れている。私は子どものことが気になって、携帯が手放せなかった。一日を終えるのに必死で、一時も気が休まらない。気力だけで動いていた。

「ずっと並んでゆでたまご1個だけもらった」。疲れきって帰宅した私に、高校生の長男はばつが悪そうに言った。言葉が出ない。

スーパーなんてどこも開いてない。仕事帰りに寄ったコンビニには、甘いお菓子しかなかった。食事に代わるものなんてひとつも無い。水も無い。買いに行く時間も気力も私には無かった。母親失格だと自分をさんざん責めた。

それでも職場には向かう。次々に届く支援物資を運び片付けに追われ、疲れ切って帰宅する。また何も買えなかった罪悪感で、私は子どもと目を合わせない。

「今日、西原の友達がたくさん持ってきてくれたよ!」。水に食料、日用雑貨や薬と、今まさに必要な物資が目の前にあったのだ。私は大声で泣いた。ずっと助けてほしかったのだ。どうしたらいいのか、本当にわからなかったのだ。

その子にすぐお礼の電話をかけたが、涙が止まらなかった。「ずっと子どもにご飯を食べさせられず、どうしようか本当に困っていたの」。ずっと張り詰めていたものがプツッと切れて、私はその子に何度もありがとうと繰り返した。

私はいつも強気で生きてきた。何でも一人で決めて行動してきた。これからもきっと変わらない。でも、やっぱり人は一人では決して生きていけない生き物だ。強くてもろい繊細な生き物。これからはちょっとだけ誰かに頼って、そして誰かの支えとなって生きていこう。震災で自分の知らない自分を私は知った。

(29・4・14付)

大学生に支えられて

橋本　綾さん（40歳）──主婦・南阿蘇村

南阿蘇村の住民である私は半年間の避難所生活を終え、今は仮設住宅で過ごしている。熊本地震の前は、阿蘇大橋のすぐそばに住んでいた。近くに東海大学農学部もあり、一帯には地元住民の民家と学生さんの住むアパートがたくさんあった。

4月の入学式を終えた学生さんは、初々しくこれからの新生活に期待を持たれていたことと思う。わが家も学生さんが住むアパートを経営しており、毎年この時期は卒業から入居までの引っ越しが慌ただしく終わり、ホッとしている頃だった。

本震が発生。暗闇の中、必死に逃げ出した庭先で聞いた何とも言えない音。山が崩れ、大橋が崩落する恐怖の音は、今でも耳に残っている。近所の親戚から、村内の家屋がほとんど倒壊し生き埋めになっている人がたくさんいるとの知らせ。車を出そうにも石垣が崩れて出せず待機することにした。

携帯もほとんどつながらず、SNS（会員制交流サイト）での情報収集。熊本県全体が大変なことになっており、地元の情報は分からない。その時、わが家のアパートの学生さんからの電話。「アパートの住人は無事で駐車場に避難しています。アパートも大丈夫です。これからどうしたらいいですか」「本当にみんな無事ね？　ごめんね。私は石垣が崩れてそちらにすぐ行けないとよ。1年生は道も分からないと思うから一緒に行動してもらっていい？　近くの小学校のグラウンドに避難して。避難場所になっているから」。半分泣きながら言っていたと思う。

安堵《あんど》感もあるけど、どうなるんだろうという不安。学生さんから「こちらのことは心配しないでくださいね。ちゃんと1年生も連れていきますから。大家さん頑張ってください」と反対に励まされてしまった。

この言葉にどれだけ救われたか。1年生は越してきたばかりで、まだ知り合いも少ない。県外から来たばかりで、道なんて当然わからない。ましてや1人暮らしを始めたばかりで不安だったが、3年生と4年生が声かけをし、守ってくれた。本当に感謝している。学生さんの親からも子どもと連絡がとれないと、たくさん電話がかかってきたが、みんな無事ですと伝えることができた。

阿蘇の夜は4月でも寒い。地元の人の救出や避難所での食事の準備など、学生さんはみんな頑張っていた。

わが家の学生さんも車を持っている人から実家へ帰ることになった。1年生はまだ車を持っていないので、なかなか帰れない。しかし、4年生の子が「福岡方面の子がいたら乗せることができますよ」と言ってくれた。福岡の子が帰ることができた。家の方もとても喜んでくれた。他の子たちも乗り合わせて帰った。四国の子は、大分の港へ主人と一緒に送っていった。

もう会えないんじゃないかと涙がとまらなかった。別れの時、たった2週間しか住んでいない学生さんが「南阿蘇に戻りたい」と言ってくれた。この言葉で本当に頑張らなきゃいかんと心に決めた。

（29・4・14付）

避難生活をして感じたこと

上田　美知子さん（68歳）――主婦・熊本市東区

熊本市東部の泉ケ丘公民館は、市が定めた避難所ではない。指定避難所である泉ケ丘小は、体育館も青いシートを敷いた校庭も、人々であふれているために、公民館が急きょ避難所になった。

私は本震の後、夫と母親の3人で泉ケ丘公園のベンチに座っていた。大地が大きく揺れるたびに悲鳴を上げた。心は不安と恐怖でいっぱいになったが、励まし合った近所の人たちの存在がありがたかった。

公園の中にある公民館は立ち入りが制限されていた。しかし、あまりの寒さとお年寄りの体力の限界を考えて午前5時ごろに開放された。一挙に170人が入館した。

まだ、強い余震が続いた。もしもの場合を考えて避難通路を確保した上で、それぞれの場所が与えられた。やっと床の上に足を伸ばした。

その時に40代と思われる男性が立った。「私は市職員でも県職員でもありません。ボランティアです。昨日は水もガスも出ましたが、今は電気だけ。でも、みんなで知恵と力を出し合えば道は開けます」。名前も知らない彼は、てきぱきと指示を出した。

水源地に水をくみに行くこと、トイレに流す水は近くの理髪店の井戸水をもらうこと、家庭から炊飯器や米、みそ、野菜なんでも持って来て協力してほしいと…。リーダーがいるのはなんて頼もしいのだろう。

夫は水くみに、私は自宅から炊飯器や米、カレールーなどを持って来た。公民館2階の会議室は臨時のキッチンに変わった。階下にあるトイレには、井戸水を入れた大きなバケツが置かれた。洗面器には消毒液が用意された。若い女性がトイレに張り付いて世話をしてくれた。

夜中に私がトイレに立つと、その女性はトイレの前の椅子に座っていた。「ありがとうございます。こんなきれいなトイレをつかわせていただいて」と言うと「大丈夫ですよ」と笑われた。

17日朝のテレビは痛ましい映像ばかりが流れている。みんなぼうぜんと画面を見ている。おにぎり1個をもらうために、長い行列をつくっている人たちがいる。私たちは量は少なめだが温かい食事を頂いた。

私は3日間お世話になったが、この公民館にはいつもの日常があった。高校生グループはお互いに話し合って、1人暮らしや高齢者の自宅をまわった。水くみ、食事、介護、物資の受け取り、清掃などそれぞれの責任者が決まり、自主組織がスタートした。

自治会の人が交代で夜中も見守ってくれた。大きな余震が起きるたびに悲鳴が上がるが、誰も外には飛び出さない。皆でいることが心強かった。不思議な連帯感が生まれた。

泉ケ丘公民館は5月8日に閉鎖された。あの悲しみと混乱の中で、人は立ち上がり、それぞれが行動を起こし、明日を見つめ、励まし支えあった時間を私は忘れたくないと思う。

（29・4・23付）

本当の一歩を歩みはじめて

林原　あささん（51歳）―施設支援員・西原村

時は流れ、熊本地震の発生から1年が巡った。しかし、いまだに崩壊したままの建物や解体現場、変わってしまった風景を目の当たりにするとき、心は痛み、その傷は癒えることはない。そして、今も時折起きる余震が本震の恐怖を思い起こさせる。

熊本は確実に復興に向かっているのであろうが、あの日から時間だけが過ぎた感が否めない。まさかと思う出来事に遭遇し、私は自然が怖くなり、信じられなくなった。地震は人の命、日常の暮らしなど多くの大切なものも奪った。自然の脅威を思うと同時に地震が恨めしい。

復興に向けて前へ前へと思う一方で、私はまだ被災者意識の殻から抜け出せないでいる。避難生活では人のつながりの温かさに触れ、ずいぶん助けられた。感激して心が震えることが何度もあった。しかし、もしも時間を巻き戻すことができるなら、私は地震前に戻りたいと強く願う。

私は地震で自分のすべてであった陶芸の工房を失った。それに伴い、日々の暮らしが大きく変わった。17年間続けてきた工房の廃業と解体という苦渋の選択を強いられ、たくさんの悲しい涙を流した。震災後間もなく自分を奮い立たせ、外で働くことを決めた。精神的に一番つらかった時期に温かく迎え入れてもらい、本当にありがたかった。新しい職場はチームワークが抜群で、私は一日でも早くその一員になれるように一生懸命働いてきた。そうして、いつのまにか私の大切な場所となった。

数日前、実家に行くと母が忘れな草を植えていた。「Forget-me-not」。母の大好きな花だ。ふと母が私に工房のことを尋ねてきた。私は震災後から自分の気持ちをずっと押し殺してきた。地震で日常を奪われ、夢を描くことすら出来なかったこの1年。とにかく全力で走り続けるほかなかった。私は母の問いかけに自分を顧みた。

当初は夢なんて絶対に描けないと思っていた。それがようやく自分の気持ちに素直に向き合えるようになった。もう二度とあんなつらい思いはしたくないという気持ちが強く、工房の再建は夢のまた夢である。しかし、「夢を持っていいのかな」と考えられるようになった。

ずいぶん悩んだ末に先日、退職届を出した。そんな私に、高校時代の恩師が「ゆっくり歩みましょう」と声を掛けてくれた。私は夢をそっと温めていたい、夢を忘れないでいたい、と思う。

母の忘れな草が私を見守ってくれている。私は復興に向けて、ゆっくりと本当の一歩を歩み始めた。

（29・4・28付）

悪いことばかりじゃない

鹿子木《かなこぎ》　悠斗《ゆいと》君（10歳）──小学生・熊本市東区

昨年4月14日、熊本で大きな地震がありました。ぼくは、ねていたのですが、何となく目が覚めたのでリビングに行くと、お母さんがかたづけをしていました。「何かあったの？」と聞くと「強い地震があったんだよ」とお母さんが言いました。とても不安になりました。

その後、家の外に妹を連れて行き、近所の人と集まって、ビニールシートの上で夜中まですごしました。その間にも、何回もゆれて怖かったです。不安だったので車の中でねていると、午前4時くらいにお父さんが帰ってきて少し安心しました。次の日、北九州からおばあちゃんとおばが、心配して水と食べ物を持ってきてくれました。

そして16日の午前1時半ごろ、おそろしく大きな地震がありました。びっくりしてとび起きたけど、すぐに電気も切れてまっ暗になり、家の中のいろんな物がおちてガチャガチャとわれる音がしました。みんなでひっしで外に逃げました。外にでてもゆれはおさまらず、みんな「怖い怖い」と言っていました。

学校に車でひなんしている間も全然ねられずに朝になりました。そしてそのまま北九州に荷物を持ってひなんしました。ひなんしてしばらくは、怖くて怖くて、ヘルメットをかぶったままねました。地震でおふろやいろんな所がこわれたので一体いつになったら自分の家に帰れるんだろうと悲しくなりました。

でもしばらく帰れないので、北九州の小学校に通うことになりました。初日はとてもとても不安で、泣きそうになりました。でも担任の先生もとてもやさしくて、初日は家が近い友達を見つけてくれて、一緒に帰ってそのまま遊ぶやくそくもしました。次の日からも毎日一緒に学校に行き、帰りも一緒だったので心強かったです。すぐにえんそくもあってとても楽しかったです。

運動会の練習も始まり、ぼくもいっしょうけん命練習しました。運動会は雨で延期だったけど、先生がサプライズでお別れ会をしてくれて、とてもうれしかったです。

みんなからの手紙と写真は宝物です。熊本に戻ってからも、北九州に帰るたび、友達と遊んだりして今も仲良しです。地震は怖かったけど大切な友達がふえたので、悪いことばかりではありませんでした。

ぼくももう少し大きくなったら、ボランティア活動をします。

（29・4・30付）

抱擁

谷　千津さん（53歳）――パート・菊陽町

今も耳の奥にはっきりと残っている。あの夜、4月16日の本震発生時の地割れの音。固い岩盤が大きな力で砕かれる不気味な音が。

14日の前震では幸いにも、本棚の本が落ちた程度の被害しかなかったわが家。しかし、主人は関東へ単身赴任中、一人息子も福岡で大学生活、つまり私一人で片付け作業をこなさなければならなかった。疲れ果てて、前日の車中泊での睡眠不足もあり、思い切っていつも通り寝室で眠ることにした。念のため、枕元に懐中電灯と貴重品を入れたバッグを置いて。やっとウトウトし始めた時、大きな音と同時に激しい揺れがやってきた。死に物狂いで外に出て、近所の方と寄り添って恐怖に耐えた。

夜が明けてみると、見慣れた日常の風景は一変していた。崩れた屋根瓦、倒れた塀、道路の亀裂、そしてわが家も基礎や壁紙にヒビが入り、足の踏み場もないほどに物が散乱していた。冷静になろうと努めて、まず家の被災状況の確認と写真撮影、足場の確保、食料の確認などを済ませた。それから周辺の状況を知るために歩き始めた。

街はしんと静まりかえっていた。誰もが息をひそめて、じっと身を縮めているような静けさ。行き交う人は皆、途方に暮れた目をしていた。

私は覚悟を決めた。家は何とか無事に立っている。食料も私一人なら1週間はもつ。私以上に悲惨な状況の方がいる。だから一人で乗り越えてみせよう。自分の力で生きのびてみよう。主人と息子に、状況が落ち着くまで熊本に戻ってこないよう連絡した。家の中を片付け、倒れた家具を元に戻し、仕事にも出かけ、日常を必死で取り戻そうとした。近所の方々や職場の方とも声をかけあったり助けあったり、本当にありがたかった。

しかし、時間の経過とともに、私の中に「私は本当に被災者と言っていいのだろうか」という違和感が生まれてきた。それは、申し訳ないほどの軽い被害で、辛いとか苦しいとか助けてとか言っていいのだろうかという思いだった。

行政の支援は受けられないが、仕事もできるし、貯金で修理費用は何とかなる。そんな私が被害者面をしていいのだろうか。ニュースで西原村や益城町、南阿蘇の惨状を見るたびに罪悪感すら感じてしまうようになった。だから、何度も何度も、自分に「大丈夫、大丈夫、何とかなる。何とかできる」と言い聞かせ続けた。

地震後2週間あまりが過ぎた大型連休初日、主人が熊本に帰省した。空港のロビーで待っていた私は、主人の姿を見つけたとたん走り寄って泣きだしてしまった。自分でも全く想定外だったが、体が自然に動いていた。主人は驚いたようだったが、私が泣きやむまで静かに私を抱いていてくれた。そのぬくもりを感じながら、一人で泣くこともせずに頑張ってきた私もやはり被災者だったのだと、やっと実感できたのだった。

（29・5・7付）

帰ってきた「さち」

田上　けさみさん（69歳）—主婦・御船町

農家宅が点在する御船町のこの地で暮らし始め、5カ月ほどたった時、地震は起きた。

自宅は標高500㍍の高地にある。本震でライフラインは絶たれたが、吉無田水源の備蓄水は少しあったし、冷蔵庫の中には食材も多少はあった。「後は電気」ということで、発電機を動かす準備をしていた時、区長さんがバイクで来られた。「複数の生活道が通行不能となり、孤立状態になった。避難所に行ってください」との連絡であった。

町営草スキー場「緑の村」に、隣の夫婦と一緒に避難することになった。ふと気付くと、屋内のゲージにいる子犬の「さち」がいなくなっていた。本震の大きな揺れに、鍵を掛けていなかった玄関は自然に開いていた。

さちは地震1カ月ほど前、熊日新聞の広告で殺処分間近なことを知って引き取り、育てていた犬だった。「帰って来てほしい」との気持ちでいっぱいになった。

避難所には、地区のほかの方々も集まっておられ、無事な姿を見て気持ちが少し楽になった。私は看護師の資格と経験もある。「何かできることはないか」と思って家に帰り、血圧計を持ち出して避難所で血圧測定を始めた。

無理強いはしなかったが、若い人も含め多くの方が希望された。血圧が高い方もおられ、病院での受診を勧めた。土地勘のある人がその方を連れて、車で山都町の病院へ行ってくださった。道中、巨大な落石が数カ所あったらしい。

避難所には自宅が全壊、半壊の方もおられたが、「元気でいれば何とかなる」との思いで、避難所で注意することを思い付くまま、貼り紙にした。▼気持ちを楽にする　▼口の中を清潔に保つ　▼水分を補給する　▼自発的に身体を動かす―だった。喜んでくださる方もいた。

本震から3日後、夫が家の片付けに帰ると、さちが帰っていた。心から喜び安心した。夫は車中泊だったが、さちも加わった。近所の生活道路と、ライフラインは5日後には復旧し帰宅した。家の被害は少なかったが、山都町の弟宅へ、1カ月半のお風呂通いとなった。

現在も仮設住宅、みなし仮設住宅に住んでいらっしゃる方もおられる。それでも地区の集会にはほとんど参加されている。傷ついた心は、一人一人違うが、前向きで元気な姿を見ると、私も元気をもらっている。

未曽有の地震から1年を迎えた。平凡な日常生活の大切さを、あらためて感じる。子犬だったさちは、物音におびえながらも成長を続けている。

（29・5・21付）

猫たちが私の帰りを待っている

小堀　蘭香さん（77歳）――無職・熊本市東区

私は、昨年4月14日にくまもと森都総合病院へ入院し、翌日に子宮体がんの手術を受けた。そのため、愛猫たちと離ればなれの生活となった。

入院する朝、老猫の五郎が私の足元にまとわりついた。私は五郎をしっかりと抱いて「19年間、一緒に過ごしてくれてありがとう。必ず元気で戻るから、ちゃんと留守番していてね」と言い聞かせた。その時は、10日から2週間ぐらいで退院できると思っていた。そして、19歳の五郎、2歳の六ツ及び七海の世話を隣のTさんに頼んで入院したのだった。

ところが、がんの手術と熊本地震という二重の大試練が待っていたのである。入院した夜の前震、15日に8時間近い大手術を受け、その数時間後に起きた本震…。今思うと、病院内の多少の混乱はあったとしても、命を守ってもらえる最善の場所にいたのだ。もし家に一人でいたら、家具の下敷きになっても誰も助けに来なかっただろう。

病院のガスや水道は止まり、老朽化した建物は危険だったので、安全な病院へ転院することとなり、救急車で国立病院機構熊本医療センターへ運ばれた。国立病院の建物はしっかりしていたが、やはり水道水は検査が済むまで飲めず、ガスも止まっていたので、2、3日は非常食だった。

しかし、私の本当の試練は退院後だった。東区小山町の自宅は建物が半壊し、家財道具は全壊していた。術後10日の体で帰宅できる状況ではなく、まして一人で避難所に行くことは無理だった。そのため、当面は西区上熊本の古いマンションに仮住まいすることとなった。

仮住まいで困ったことの一つは、情報がないことだった。両隣の住人の名前も顔も知らず、一人でマンションの一室にいて、「体調が悪くなったらどうしよう」と心細かった。おまけに、私のがんは血管とリンパ管に浸潤していたので、6月初めから9月末までの6回の抗がん剤治療と、11月初めから12月半ばまでは5回の放射線治療を必要としたのである。

治療の合間に上熊本から小山町まで、バスを乗り継ぎ猫に会いに通った。帰りには、バス停まで後追いする七海を振り返りもせず、バスに乗ったこともある。冬に入って、五郎がめっきり弱ってきた。五郎の命と私の病気回復は時間との競争となった。幸い、大工のKさんの努力で、私と猫たちが一日でも早く一緒になれるようにと、自宅の修理を急いでもらっている。

ヨロヨロとふらつきながらも頑張って私を待っている五郎を抱きしめる日も近い。最後に、愛情深く猫たちのお世話をしてくださったTさんのおかげで、病気療養に専念できたことを感謝したい。

（29・5・28付）

生徒に支えられて

酒井　晶子さん（54歳）――中学校教師・熊本市中央区

「あっ、先生。大丈夫だったとね」

一人の生徒が、笑みを浮かべて声をかける。こちらが発すべき言葉であるのに、よほどやつれて見えたのだろう。しっかりしなければと、その言葉で背筋を伸ばす。

普段スカート姿の私は、上下ジャージー姿、首にはタオルを巻きつけ、化粧もせず眼鏡をかけて、避難所になっている体育館に向かっていた。中に入ろうと靴を脱ごうとしたが、床は泥まみれである。地震直後の混乱が伝わってくる。身を寄せ合って小声で話をしている方々、ぼんやりと遠くを見ておられる方、ぐったりと休んでいる方と、大勢の大人たちは疲労困憊《こんぱい》の様子だった。

その中で、高校生と共に中学生が「できること」を探しているように見てとれた。ほうきを使い掃除をしている姿があった。トイレに流す水をプールからバケツで運ぶ生徒らがいた。実にパワフルで活力を感じた。「何か手伝うことはないですか」と言いたそうな顔で明るいあいさつをする。

この日の朝、私は図書室の惨状を目にしていた。書架から本が滑り落ち床に散乱していた。本の海だ。心ない者なら思わずダイブするであろう様子だ。そのありさまに、私はぼうぜんとした。どこから手をつけようか、どうやって片付けようかと困惑していた。生徒に助けてもらおうととっさに思いつき、「図書室の片付けを手伝ってほしい。声をかけて人を集めてほしい」と頼んだ。

翌朝、中高生と私たち教職員十数人が集まった。中に入るやいなや「うわっ、すごい」の声が一斉に出る。でも、次には本を拾い上げている。ラベルの色で分けて置くように指示する。黙々と手を動かす。片付けることに没頭する。大人は腰をさすりながら作業する。本は重たい。重労働だ。中高生はさっそうと動く。皆で働く。床にあったおびただしい数の本は棚や机に次々と運ばれていく。

床の本が無くなった瞬間、一人の生徒が声を発した。「すっきりしたね、先生。前に進んだね」。にっこりと私に語りかける。そうだ、目の前にあるやるべきことを一つずつやって前進するのだ。また一つ、生徒に教えられた。心からの「ありがとう」を返した。

5月に入り、学校は再開した。余震が続く中の授業は大変だ。ズンと突き上げられ横揺れがひどい。思わず声を上げたくなるほどだ。ぐっとこらえて生徒に目をやると、真剣なまなざしで黒板を見て落ち着いている。ひたむきに学ぶ姿勢に胸が熱くなる。

地震で学校を去った生徒がいた。どんな思いで友との別れをしたのだろう。家が損壊している生徒もいる。それでも、学校生活を楽しんでいる。「雨漏りがひどくて、落ちない所で家族で輪になって、お花見のような夕飯でした。意外に楽しかったです」と日記に書いた生徒がいた。けなげで明るい。

生徒は優しくたくましい。心が強く頼もしい。熊本地震で、生徒の「生きる力」に感動した。そして、生徒に支えられて私の今がある。

（29・6・4付）

学生がいた村

澤田　秀美さん（58歳）――パート・南阿蘇村

東海大学阿蘇キャンパス近くの、のどかで美しいこの地に3年前に移住してきた。昨年4月、パート勤務先の大学阿蘇食堂は、若い活気にあふれていた。

入学式を終えた1年生に出身を聞くと、「北海道です」と答えた。「遠い所からはるばる来てくれてありがとう。今日から楽しく充実した学校生活を送ってね」と願わずにいられない。娘や息子ほどの年齢の学生たちに、パート仲間もおのずと母親の顔になった。「さあ忙しくなる。頑張ろう」と思っていた直後のことだった。

14日、益城町で震度7。パートのリーダーから「しばらく休校」との連絡が入った。この時、だれもがこれで終息してほしいと願ったはずだ。

しかし16日未明、期待は裏切られ「ドン」という音とともに体が飛んだ。万華鏡の中に居るようで、頭が真っ白になった。ガスの臭いの立ちこめる戸外へ出た。庭は陥没していた。

避難所で得た情報に絶句した。学生アパートに甚大な被害。学生は体育館へ避難したらしい。「怖かっただろう」「おなかは減っていないだろうか」と、次々に思い涙があふれた。

その時、食堂にずんどう鍋いっぱいのカレーを作っていたことを思い出した。学生たちの顔が頭に浮かぶ。しかし、通い慣れた道路は寸断され、すぐそこにある職場なのに行くことができなかった。

その後、私たちは熊本校の食堂に職場を変え、懐かしい顔にまた会うことができた。「いつか阿蘇に帰り、また皆で笑いながら仕事しようね」が私たちの目標となった。

今年の春も、阿蘇の野焼きを見ることができ、ありがたいことだと思った。道路を急ピッチで補修してくれた人など、全ての人に感謝したい。

復興が進む一方で、住む人がいなくなった学生アパートには「ありがとう。頑張ります」と書かれた学生手作りらしいプラカードが揺れている。こちらこそありがとう。あなたたちのおかげで、愉快な仲間と楽しく、仕事ができたよ、とつぶやく。

若い人が命を落としたこの地に、また学生が戻ってくることは難しいのだろうか。親御さんの気持ちを思うとやりきれない。しかし、学生の声が聞こえない村はやはり寂しい。村と大学の交流祭でキャンパスから打ち上げられた花火を、もう一度見たい。

（29・6・11付）

あの日を越えて

外村《ほかむら》　昭子さん（67歳）――主婦・熊本市南区

立春を過ぎてもひな飾りも出さず、気力をなくしている自分にあきれつつ、ただ日々が過ぎていく。あの日から1年がたとうとしているのに…。

毎年、庭のしだれ梅がどこよりも早く春を知らせてくれていた。愛らしい花びらが開くのが楽しみだった。あの日以来、地下がどう変化したか分からないが、季節外れの落ち葉が舞い、幹が朽ちていった。「いつかは終わる命だ」と自分に言い聞かせつつ、木を切った。

地震による山ほどの後遺症も少しずつ癒えてきたが、時々「忘れたい心」と「記憶しなければと思う心」がせめぎ合いをくり返す。あの日、それぞれが置かれた立場で目にした光景は、生涯忘れない傷みとして残っていくだろう。

フラッシュのように浮かぶ場面。それは散らばった物と一緒に転がされ続けた体、私に覆いかぶさり守ってくれていた夫、子供たちに会えずに死ぬと思ったことなど…。今でも思い出すと胸が痛くなる。隣近所で手を取り合って座り込んだ大地が揺れた。それは弱い自分を嫌というほど知った時間でもあった。人の優しさやたくましさも知った。お隣さんから頂いた温かい煮物、新幹線再開の日に駆け付けてくれた娘など、たくさんの親切に励まされた。

そして、身を守ることを最優先し考え始めた。形だけだった避難グッズを詰め直した。家事のやり方、風呂やトイレの入り方、車中泊をやめて寝る場所設置、傷んだ箇所のチェック、やることは山ほどあった。「おびえていても進まない」。自分を叱咤《しった》し、片付け続けた。家財やブロック塀。環境センターのおびただしい車列に並んで処分した数々の家財。「負けまい」と言い続けながら生きた緊張の日々だった。

そう、それでも生きている。人は、どんな環境に置かれても、辛抱と助け合いと創意工夫で生きられるものだ、と身をもって体験した。人生が変わってしまった人、人生を断ち切られた人、それぞれの人に思いをはせながら生かされている。

悲しみは、なかなか癒えないが、被災者になって初めて気がついたことがある。弱い私にもできること、それはまず「自分を守る」「寄り添う」「忘れない」の三つではないかと。サイレンが鳴りやまなかった日々。県外ナンバーの支援車に一人頭を下げ続けた日々を思い出しながら、今、日常の営みが何ともありがたく思える。

梅の花は咲かないけれど、鉢植えの花が開き始めた。ささやかでも小さくてもいい、弱くてもいいよね、と一人納得してみる。「祈り」という言葉の意味を知った気がする。

（29・6・25付）

備えあれば…亡夫に感謝

髙木　容子さん（78歳）――無職・八代市

４月14日の夜は女子会をしていて、そろそろお開きとなった時、突然「ドーン！」とごう音が鳴り響いた。「地震よ！　帰ろう！」。解散のあいさつもそこそこに、懸命に自転車をこいだ。

玄関を開けると、靴箱の上の鏡は倒れ、額に入れて飾っていた刺しゅうも倒れていた。ひとまず元通りにして、用心のためにバッグは枕元に置いて寝た。翌朝は、掃除がてらに倒れたものを片付けていると、散歩中の知人が瓦のしっくいが剥がれているのを教えてくれた。なるほど、少し剥がれている。その日は大小の地震におびえながら掃除を終了した。

そして夜中。再び「ドーン‼」と昨日よりも大きい地震。その音に仰天して慌てて着替え、なぜか玄関の鍵を外し、バッグ、非常用袋を持ってテーブルの下へ。かなり長く揺れていたが、収まったころ、「おばちゃん！　大丈夫か！」とおいがやって来て、「八代（おいの嫁の実家）へ行くバイ！」と言う。おいの母である私の妹も一緒に来ており、私は「ありがとう」と震える声で言いながら車に乗った。

翌朝、自宅に送ってもらった。本震後の朝だ。昨日きれいにした鏡は縁の飾りがはじけて倒れ、刺しゅうも再び落下していた。食器棚の食器は、観音開きの扉の方に押し寄せ、開けるに開けられぬ状態。仏壇のお釈迦《しゃか》様だけは、不思議なことに最上段から畳の上に移動したかのように立っておられた。

本棚の本は雪崩を打って床に散らばり、ステレオは壁際から1メートルばかり部屋の中央に動いていた。

2階も本棚二つが倒れてガラスが割れて飛び散り、本が散乱して足の踏み場もない。一人ではどうにもできないし、もっとひどい地震が来るかもしれないと思い、5月の連休までそのままにしていた。しかし2階のたんすは壁にしっかり留め具で固定されていたため動いておらず、観音開きの洋服だんすも扉は開いていたものの、これも留めてあったため動いてはいなかった。1階も食器棚の中身は割れるなどしていたが、棚はしっかり留めてあり、洋服だんすもよくよく見てみると留め具が付いていた。

17年ほど前に新築し、道具類を運び込んだ時、当時はまだ生きていた夫がこつこつとたんすなどを留め具で固定しているのを見て、「新しい壁や柱に傷がつくのは嫌だな」と思った。でも、そのうち留めてあることを忘れてしまっていた。

「大きく重量のあるものは、さすが倒れもせず動きもしなかったね」と思ったが、横から見るとしっかり留め具が付いている。だから動かなかったのか。もしこれらが動いたり、倒れたりしていたらどうなったことだろうかと思い、亡き夫にあらためて感謝した。

2晩は八代に避難し、5日間は学校に避難した。落ち着かない毎日の中で、4月はあっという間に過ぎてしまった。あれから11カ月。犠牲になられた方々へ心からお悔やみを申し上げるとともに、〝備えあれば憂いなし〟ということをしみじみと感じ、亡夫を懐かしみ、ありがたく思った。今はこれ以上の天災が来ないことを祈るばかりである。

（29・7・2付）

しあわせ運べるように

久恒　智子さん（63歳）――介護福祉士・熊本市北区

揺れないはずの大地が波を打ち、いつもの水は雫《しずく》さえも出ない。夜空の星だけが燦然《さんぜん》と瞬いていたのがあの夜の記憶。

あれからどうやってしのいだのだろう？　浮かんでくる映像は、脈絡のないひとコマずつの時のかけら。今が今ではない。確かに時間という汽車に乗っているのに、外の景色は目まぐるしく変わっても、あの日のままの私がひとり残されて、立ちすくんでいるように思えた。

おかげさまで、家族も家も大禍がなかった。にもかかわらず、笑うことを忘れ、気付けば涙が流れていることの繰り返し。災害支援の文字に、県外ナンバーのトラックや自衛隊の作業車にありがたい思いがあふれて止まらなかった。とりわけ満身創痍《い》の熊本城は正視することもできず、家から出られない日が続いた。

そんな時、熊本市男女共同参画センターはあもにいで催された、（正式な講座名は忘れたが）「支援する側のストレスケア」についての講習に参加した。悲しい・つらい・怖い・きつい等の感情を抑え込み、がんばらねばと役割を遂行するために奔走してしまう。知らぬ間に心身が疲弊して、壊れたり、最悪の場合は死に至ることもあるという。そうならないためには、自身と向き合い、「イヤなことはイヤと言っていい。できないことはできないと言ってもいいんだよ」というような内容だったと思う。

受講して初めて、自分は素直な感情を置き去りにしていたことに気付いた。人には、「つらかったり困ったりしたら、〝助けて！〟って言ってもいいんだよ」と言ってたくせに、本当の私の心に蓋《ふた》をしてこなかっただろうか？

ママさんコーラスにかててもらっている私は「花は咲く」「しあわせ運べるように」「ふるさと」等をふれあいコンサートで歌う。「しあわせ運べるように」では当初、「地震にも負けない…」で始まる地震という言葉で涙し、「強い心を持って、亡くなった方々の分も毎日を大切に生きてゆこう」までちゃんと歌えなかった。

先日、この歌の作詞・作曲者である神戸の音楽教師臼井真先生が、熊本でも歌い継がれていることを知り、わざわざ指導に来られた際の様子がテレビで放映された。先生は、「目は2倍くらいに開いて視線も口角も上げて！　笑顔で明るくないとしあわせは運べないんだよ！」と言われていた。確かに然《しか》りだとつくづく思う。嵐の「ふるさと」は、ありし日の情景が浮かんできて、やっぱり泣けてしまう。でも、笑顔でしあわせを運べるようにはなりたい。

（29・7・9付）

カルデラからの脱出

今村　雅美さん（69歳）──主婦・合志市

南阿蘇村の自宅は本震で停電し、真っ暗な闇と余震が続く中、夜明けを待った。村役場へ携帯電話の充電に行くと、手書きの簡単な地図が張り出してあり、グリーンロード、俵山バイパス、東海大方面に×印があった。その地図を見た途端、熊本市方面への出口が無いことに気付き、がくぜんとして、言いようのない恐怖におそわれた。

まさかと思っていた阿蘇大橋の崩落は、17日の熊日で知った。南阿蘇のカルデラの中に閉じ込められてしまったショックと喪失感で、心が折れそうになり胸に大きな穴が空いてしまった。

熊本市内から南阿蘇村に移住して13年。俳句、水墨画等の習い事のため、熊本市内へ毎週通っていた。「このまま閉じ込められていたくない」「何とか通れる道はないか」ともがくうち、グリーンロードが越えられたという話を聞き、高森署で確認。20日には夫と地蔵峠を越え、合志市の長女宅へ向かった。

対向車線を続々と南郷谷へ入ってくる災害派遣の車とすれ違って、本当にありがたく思い目が潤んだ。途中にはいたる所に大きな石が転げ落ち、でこぼこのアスファルトには亀裂が走り、道路の真上には崩落した山肌が見えた。

途中には危ない所もあるし、千メートルの峠を越えるには時間がかかる。それでも熊本市内へ行けるというちるの望みがつながり、カルデラから出て習い事も続けられるという安心感で心が軽くなった。

それからは今まで通り南阿蘇村から毎週熊本市内へ通ったが、雨や霧の日は本当に危険なため、久木野の登り口から西原村の下り口まで、左手に数珠を巻き付け、苦しい時の神仏頼みとお経を唱えながら運転をした。この話をすると皆笑ったりはげましてくれたりした。それでも熊本市内へと通い続ける日々が、穴の空いた私の心を癒やしてくれた。

昨年末に俵山バイパスが復旧し、南阿蘇に暮らす人々の心も晴れ、大きな恵みとなった。あとは阿蘇大橋やＪＲ豊肥線、南阿蘇鉄道の復旧を待ちたいと思う。

（29・7・16付）

多くのこと学べた体験

髙山　賢太郎さん（19歳）――大学1年・埼玉県新座市

昨年4月14日。突然、大きな揺れが私たちを襲った。何が起きたのか。すぐには分からなかった。「熊本で震度7」というテレビ報道で把握できた。そして見覚えのある「益城町」の文字。私は当時、熊本学園大付高3年でロアッソ熊本ユースに所属していた。この日も少し前までいつも通り、益城町でサッカーの練習をしていたため、見慣れた風景の変わり果てた姿に言葉が出なかった。

翌朝、祖母宅を訪ねると食器棚から皿が割れ落ちていた。涙が出た。しかし、この日は通常営業の店も多く「もう地震来ないよね」と家族と話しながらも、準備品を買った。そして16日、本震が来た。忘れることのない巨大な地震が私たちを襲った。私は生まれて初めて「死」という言葉が頭をよぎった。14日とは違い、テレビも明かりもつかない。安否連絡で鳴りやまない携帯電話。私はこの時、正しい避難方法も知らず、備蓄した水と洋服を真っ暗の中、必死にバッグに詰めた。恐怖で眠れなかった。夜が明け、私たちに何が起きているのかようやく把握できた。一瞬にして私の知る熊本は目の前からなくなっており、その現状を受け入れられなかった。

再び祖母宅を訪ねると、14日の時とは比べものにならないほど無数の皿が割れ、破片が飛び散り、洗濯機や仏壇は倒れていた。その惨状を見て、私はショックのあまり大泣きした。祖父を亡くし、1人暮らしの祖母にとって、この地震がどれほど恐怖だっただろうか。私は自然災害の猛威を恨み、憎むしかできなかった。

その日から学校やチームの活動は長い間、中断となった。そのため私は1日がかりで友だち家族が営む店の片付けや、友だちと自分たちにできるボランティアをした。商品が一瞬の地震によって廃棄物となる。その無念さ、地震の恐ろしさをこの時改めて感じた。一方、ボランティアを通して、人々の「つながり」に気付き、会話の重要性も実感した。

避難所の方々からの「ありがとう」という言葉に元気をもらった。生まれて初めて店に物がない経験もした。コンビニやスーパーには人があふれかえり、入場規制、商品制限も当たり前になっていた。コンビニのおにぎりを一つ買える喜びを知ったのもこの時である。当たり前が当たり前でないことを真に理解できた。

私はこの大地震から多くのことを学んだ。特に人々との「絆」は県民の多くが感じたのではないだろうか。近隣住民との会話も自然と増えた。幼いころから続けているサッカーのおかげで、九州や東日本大震災で被災した仲間らサッカーファミリーのエールに心が救われた。日本全体が熊本を応援してくれていることを肌で実感し、前を向けた。

私は春から、立教大コミュニティ政策学科へと進学。被災地問題が残る中、この学科での利点を生かし、私に何ができるのかを学び、考え、行動につなげていきたい。それが4年間で私が熊本のためにできる使命だと思う。そして、将来は輝く熊本の力となりたいと強く思う。

（29・7・23付）

その時私は…

木村　美喜子さん（71歳）――無職・熊本市東区

14日、公民館講座を終えて晩ご飯代わりの缶ビールを口にした時、グラッときた。すぐにやむと思ったら、さらに揺れだした。民生委員をしてるため、夫に「ちょっと回って来る」と言って、緊急時に避難支援が必要な人や1人暮らしの人の家を訪ねた。

取りあえず、皆さんの無事を確認して自宅に帰ったが、その夜はなかなか眠れなかった。翌日も余震は続いたが大した被害もなく、次第に収まるものと思っていた。その夜、風呂に入り11時すぎに布団に入った。ゆうべは寝不足だったこともあり、すぐに熟睡…。いきなり、ガーンと額をたたかれて目が覚めた。「懐中電灯、懐中電灯」。隣の部屋から夫の叫ぶ声が聞こえた。取りに行こうと起き上がると、頭にポタッポタッと落ちるものが…。6階建てのビルなので、「上階から水が漏れているのかな？」と思いながら、ひっくり返って折り重なった和だんすや、落下物を踏み越えて部屋を出た。

台所はありとあらゆる物が散乱し、足の踏み場もなかった。上階の知人が安否の確認に来てくれた。ところが、どこへ行っても頭に水が落ちてくる。思わず額に手を当てるとヌルッとした。「血止めをしなくては！」と枕元にあったバスタオルで押さえた。いや、こうしている時間はない。タオルできつく鉢巻きをしてヘルメットをかぶり、ヘッドランプを付けて「ひと回りして来る」と、夫に言い残して飛び出した。

「○○さーん、大丈夫ですかー」と声を掛け、「避難しない」と言う人には「安全な場所にいて。何かあったら電話をかけて」と伝えて、次の家へと向かった。玄関の鍵は開いているが、人の気配がない家については、住人は無事に避難したと信じて次の家へと急いだ。

10軒ほどを回って自宅へ戻り、自分たちの避難準備に取り掛かった。数日間は帰れないと覚悟を決めて重要書類や非常食、シュラフなど思い付くままにリュックに詰め込み、夫と車で近くの錦ケ丘公園に向かった。

既に地元有志の人たちの手で公園内の防災倉庫からブルーシートや毛布が出されており、避難して来た人たちが肩を寄せ合って座っていた。「ゴーッ」という音とともに地面が揺れる中、夜明けを待った。明るくなると災害本部のテントが張られ、被災者への食料支援が始まった。通り掛かりに私の姿を見かけた友人から「おにぎりを200個くらい届けたいが、必要か」と電話があった。息子さんのサッカー仲間のお母さんたちが握ってくれ、福岡から長時間かけてワゴン車いっぱいの支援物資と共に届けられた。

避難して来た人の中には、断水で使用できないトイレ用の水を小学校のプールから何度も運んでくれたり、「食べ物を頂いているので」と、公園のトイレ掃除を買って出たりする人もいた。私たち民生委員は、食べ物を取りに来られない人のため、見回りも兼ねて朝・夕の食事の配布を行った。

今回の大地震では、隣人の思いやりや友人のありがたさと同時に、同じ被災者でありながら他人のために尽くす人、ボランティアで支援に当たった人々、また、国内外から届く救援物資に人のぬくもりを強く感じた。

（29・7・25付）

世を照らす〝光齢者〟に

山本　徳雄さん（67歳）――元新幹線運転士・熊本市北区

あの日、私は震度7の怖さにおびえて妻と近くの高校の避難所へ飛び込んだ。そこは足の踏み場もないくらいの人々であふれていた。

すし詰め状態で硬い床に横になっていると、地震が容赦なく続く。真夜中に一斉に鳴り響く携帯電話の緊急地震速報。みんな跳び起き、時が過ぎるのをじっと待つ。千人近い人たちと眠れない夜を明かす。かつてない経験だ。これが大地震というものかと実感した。

正直な気持ち、昨日まで阪神淡路や東日本のそれぞれの大震災は遠いよそごとと思っていた。まさか自分の足元で起きるとは予想もしていなかった。変化のない日常と平穏は続くだろうと漫然と思っていたが、この日を境に見事に崩れた。

それにしても、この熊本地震は多くの大切なものを奪い、壊して去って行った。しかし半面、いままで気づかなかった貴重なものも運んできたのではないか。

「ここは指定（避難所）ではないので支給物資はありません」と張り紙があった。我慢できる大人はいいとしても、子どもたちや体の不自由な高齢者は大丈夫だろうかと案じた。ところが翌朝になり、おにぎりや飲み水が配られた。若者たちが知恵を出し合い、会員制交流サイト（ＳＮＳ）を通して支援を呼びかけたという。遠くは広島や四国から、一晩中かかってハンドルを握り駆けつけてくれたのだ。呼びかけた若者も、それに応じた若者たちも、ともにフットワークの良さに感激した。

また避難所で何より困ったのはトイレだ。幸いにして学校にはプールがあり、その水を使うことになった。しかし、相当の距離がある。バケツリレーしたのは、やっぱり若者たちが中心だった。「いまの若者はすごい」。私も早朝に起きて水運びを手伝った。

そんなことがあり、ライフラインが復旧して自宅に戻った私は、各避難所へボランティア活動に出かけることにした。ところが現地では思いがけない出会いが待っていた。「博多の街から、焼き肉を焼きに来た」「北の街、札幌からカレーを作りに来た」。たくさんの人たちが遠方から応援に駆けつけている。そんな場面に接して新鮮な感動を覚えた。

東京から鍋釜持参で駆けつけた大学生と、西原村の避難所で一緒だった。彼らと飯を炊き、みそ汁を作りながらじっくり話ができた。そして気づいた。ボランティア活動に対する自分の考え方が根底から間違っていたのだと。「ボランティアは人のためでなく、自分の生き方のためだ」と身をもって感じた。

私はこの春、67歳になった。私と同じ団塊の世代は全国に約800万人といわれる。若者たちの行動に感心するだけでは問題は解決しない。街へ飛び出て、昔培った得意技をもう一度、世のため人のために生かしたら復旧も加速するのではないか。高齢者は「光齢者」として、隅っこでもいいから世を照らし、社会の役に立つ生き方もあるのではないか。今回の熊本地震を共働と連帯で乗り越え、故郷を守った歴史を後世に伝える活動をしようではないか。

（29・7・30付）

「あの日」から学んだこと

中満　優生《ゆう》さん（16歳）――高校生・山鹿市

4月14、16日。この2日間は私にとって「忘れられない日」として記憶に残っています。最初に地震が起きた14日。私は宿題をしていました。するといきなり、「ガタガタッ」と揺れました。すごい揺れでした。おばあちゃんが私を呼ぶ声。何が起こったか分からない自分。何が起こったのか分かったのは、揺れが収まってからでした。テレビを見て初めて、熊本県全体で地震が起こっていたことを知りました。その後も小さな余震が続き、恐怖心が自分を支配していました。「あの時みたいに揺れるのかな」とドキドキしていました。

翌日学校に行くと、皆は昨日起こった地震の話をしていました。クラスの皆が無事で、本当に良かったと思いました。けれど、学校にいる間にも余震があり、「家にいるおばあちゃんは大丈夫かな」と思いました。

次に、本震が起きた16日。それは、夜中寝ている時でした。「ガタガタガタッ」とものすごい揺れで、目を覚ましました。また、おばあちゃんが私を呼んでいます。鳴り響くアラームの音。ただ、揺れがおさまるのを待っていました。テレビをつけると、広場に集まっている人々。くずれている建物。ものすごく心が痛みました。いつもの熊本が、一瞬で壊れていくような気がしました。

私たちが住んでいる地域は、あまり被害はありませんでした。けれど、益城町や阿蘇などはものすごく被害があったとニュースで知りました。

他の地域や県外から応援の声が届いた時、今まで忘れかけていた何かに気づくことができました。それは「お互いさま」という心です。いつも、困った時、私たち人間は手を差しのべてきました。

私にこれからできることは何でしょう。それは、困っている人を見て見ぬふりをせずに、手を差しのべることだと思います。災害がいつ、どこで起こるか分かりませんが、自分がその時、できることをやっていけばいいと思います。

人に手を差しのべる心、助け合う心は、ずっと持っていなければならないと思います。私も、今できることは何なのかをしっかり判断し、これからの日々を過ごしていきたいと思います。

（29・8・6付）

「被災者」になって

日永　るなさん（17歳）—— 尚絅高3年・熊本市中央区

「ドドドーッ　ガッシャーン」。昨年4月14日午後9時26分、熊本は変わった。「緊急速報です。県で大きな地震が発生しました。皆さん落ち着いて行動してください」。あちらこちらから鳴り響く携帯の緊急速報。

私はこの直前、リビングにいた。一番下の小2の弟はお風呂上がりでソファの上で着替えていた。母はリビングの隣の部屋にいた。私の家は14階建てのマンションの10階。「ドーン」と大きな音と共に揺れて立つことも難しい中、私は弟が座っているソファの上にある時計が大きく揺れているのを見つけた。とっさに名前を叫び、「蓮くん！　おいで！　早く！」と必死に物につかまりながら駆け寄り、とっさに弟の頭を守った。そこに母が私と弟の名前を必死に叫びながら、リビングに急いで入ってきた。母が塾にいる中3の弟の無事を確認した後、急いでマンションの外に出た。

外には住民がたくさんいて、一緒のマンションに住んでいる小学校からの友達の顔を見た瞬間、思いっきり抱き合った。「本当、無事でよかった」。その後は父も仕事場から急いで帰宅し、5人家族全員がそろった。今こうして家族が一緒にいられることがどれだけ幸せか、と深く感じる一日となった。

時々来る小さな揺れでも心臓がドキッとなって、びっくりして固まって声も出ない私が、なぜあの夜あんなに冷静に対応できたのか、今となってはとても不思議でならない。きっと今、この家にいる中で私が母と弟を守らなきゃ、と思ったからかなと思う。

次の日、片付けを手伝いに八代からおばあちゃんとおじいちゃんが、たっくさんの食料と水、生活用品を車に載せて持って来てくれた。エレベーターが停止しているため、何㌔もある水、食料をみんなで協力して10階まで何回も歩いて往復して運んだ。次に地震が来た時のため、重い物などを下に固めて段ボールに入れた。

給湯器が壊れてお風呂に入れないので、富合のいとこの家へと避難した。お風呂に入っている時に「地震が来たらどうしよう」。頭の中はそれでいっぱいで、生きてきた中で一番早くお風呂から上がった。

「また来るのかな～」。あの恐怖の夜がやってきた。早く朝になれ、と心の中で言い聞かせながら眠りについた時、「ドーーーーン」。大きな地響きと共に家が大きく揺れた。いとこたちはまだ幼いので守るのに必死だった。一気に停電して何が何だか分からない。

急いで車に乗り、津波注意報が出たため高い方に逃げて、車の中で何日も過ごした。テレビでは、変わり果てた熊本の映像が流れている。「あー本当に『被災者』って自分も入っているんだ…」

今回、この地震で熊本は変わり果てた。だけど、この地震で食べ物の大切さ、水のありがたさ、家族や友達の大切さ、当たり前の生活ができていたことが、どれだけ幸せなことだったかをとっても感じることができた。

この記憶をいつまでも忘れずに、そして必ず元の熊本に戻れるように、一日でも早く復興できるように今、私たちができることは何かを考えて、生きていることに感謝して生きていきたい。

（29・8・12付）

地震の神様いじめないで

松岡　マチ子さん（77歳）――主婦・益城町

亡夫の一周忌を済ませ、ほっとした直後でした。まるで待っていたかのように、突然熊本へ、私の住む益城町へあなたがやって来たのは。

電気が消え、見ていたテレビが目の前に落ち、棚の品物が一斉に床に投げ出され、家具が倒れたのはほとんど同時でした。「ドーン」と底から突き上げるような鈍い音がして、家がきしみながら大きく左右に揺れるのを、一瞬何が起きたのか理解できずぼうぜんと眺めていました。

今まで経験したことのない大きな地震だと気づいたのは、しばらくたってからでした。「早く外に…」と思いましたが、体が動かず立てません。懐中電灯と手さぐりで捜し当てた携帯電話をしっかり握りしめ、毛布をかぶって震えていたのを消防団の方に助けられ、一睡もしないまま避難所で一夜をすごしました。

翌日はほとんどの人が家の後片付けのために帰宅しました。幸い電気もつき、「もう完全に地震は終わった」と誰もが思っていたはずです。それでも余震が続く中、着の身着のままで不安な夜を迎えていた時。「震度7」が再び襲ったのです。思わず暗闇に向かって、大声で「うそ、冗談でしょう。いいかげんにして」と叫びました。揺れが収まるのを待ってテラスから飛び出し、道路いっぱいに倒れたブロック壁と崩れ散った屋根瓦の上を夢中で走りました。

翌日から、天草市に住む娘夫婦の家での生活が始まりました。静かな海を眺めていると、地震がうそのような気がしましたが、毎日テレビに映る変わり果てた風景は、間違いなく現実そのものでした。その後、帰宅した私を待っていたのは、足の踏み場もないほどに散らかった家の後片付けでした。

地震の神様、もう気が済みましたか？　あなたにも家族がいたらきっと分かると思います。家の下敷きになり、知人の尊い命が奪われました。家を壊された人たちは、家族がばらばらになりました。それでもみんな一生懸命に生活しています。生きています。あなたに負けるわけにはいきません。力を出し合い支え合ってがんばっています。強い絆で結ばれた者同士です。日本中、いや世界中の人たちが熊本を、益城を見守っていてくれます。

「半壊」とされたわが家はまだ修理の途中です。でも、やっとブルーシートが取れて、一歩前進と喜んでいます。今でも枕元には懐中電灯と携帯電話、笛があります。今の私は、１人暮らしの高齢者で、何もできない弱い人間です。でも、心は絆と思いやりの言葉でいっぱいです。地震の神様、お願いです。どうか悪ふざけや弱い者いじめは、もうこれっきりにしてください。

（29・8・13付）

全国からの支援　一生忘れない

大島　美佳さん（46歳）――主婦・熊本市東区

あの日、4月14日午後9時26分は、夫が仕事から帰宅しておらず一人自宅におり、入浴中でした。経験したことのない激しい揺れに驚き、一瞬何が起きたか分からず、しばらく浴室にいました。こうしていてはいけないとわれに返り、急いで上がりました。こんな時は、どうしていいか分からないものです。部屋を見て愕然《がくぜん》としました。いろんなものが倒れたり、割れたりしていました。テレビをつけると、熊本の地震の状況を放送していました。

一番心配したのは、益城の隣、沼山津にある実家のこと。数年前に耐震補強工事をしていたものの、築40年の実家はどうなっただろうか。東日本大震災の津波の教訓から、私は以前から災害があったら「まず自分の身の安全を第一に考えて行動してほしい」と家族に伝えていました。お互い安全な場所に避難してから連絡を取り合うと約束していました。

こんな事態が熊本で起きるなんて信じられない、信じたくない。母にメールをしたものの返信はなく、2時間ほど過ぎました。さすがに待ち切れず、恐る恐る電話をかけました。父がガラスで額と手首を切り、ようやく血が止まったとのこと。両親は命に別条なく、少しホッとしました。

母が「家中の倒れるものはすべて倒れた。もうこれ以上倒れるものはないので、今日はここで寝る」

と言うのです。私は、それを聞き、確かにもう倒れるものがないなら、それもいいかと思いました。数時間後、兄が両親を連れてわが家に来ました。「家がつぶれたら危ない」と言って。私は、家がつぶれるなんて正直、考えもしませんでした。

本当に長い長い夜でした。4月15日も、両親はわが家に泊まりました。そして翌日未明、本震と呼ばれることになる地震が発生しました。一晩中、サイレンの音とヘリコプターの音が鳴り響いていました。

家の中は、14日の地震よりもっと大変な状況になっていました。その後、電気・ガス・水道が使えない生活で、ライフラインのありがたさを痛感しました。実家はかなりの被害を受けました。住むことを諦め、余震に注意しながら、必要なものを取りに行く毎日でした。実家が壊れたという喪失感、この先どうなるのかという漠然とした不安を抱え、沈んだ気持ちで過ごしていました。

そんな時、勇気をもらったのは、全国各地から駆け付けてくれた物品運搬車、給水車、工事車両、ゴミ収集車等々。県外ナンバーで、車体の横に○○市と書いてある車。それらを見た時、涙が出ました。熊本のことを思って来てくださったことに、本当に感謝しました。一台一台にお礼を言いたい気持ちでした。おかげで私も頑張ろうと前向きな気持ちになりました。

あの時のうれしさ・感謝は一生忘れません。あの時の光景を思い出すと今でも涙が出てきます。支援に来てくださった方にこの気持ちが少しでも伝わればいいと思い、この手記を書いてみようと思いました。

（29・8・18付）

祖父たちの笑顔

中松　葵さん（15歳）―湖東中3年・熊本市東区

4月14日と16日に、震度7の大地震が熊本を襲った。たった数分の出来事なのに、その日からうそのように生活は一変してしまった。

14日の前震の時、私は母と車で帰宅途中で、とても激しい横揺れに驚いた。16日の本震の時も車で寝ていて、携帯のブザーで起きた。その時から車に乗ること、家に入ること、地震の情報を聞くことが嫌になった。私の心も地震で被害を受けていたのだろう。

近所の人たちと公民館で生活した。両親や近所の人たちは昼間片付けをするため家に帰り、夜は自宅から持ち寄った食料を皆で料理し、食事をしていた。私は家に入れなかったので、弟と外で過ごしていた。

父は会社の片付け、母は一人で家の片付けが続く中、私は祖父から「知り合いの家の片付けを手伝ってほしい」と言われた。片付けをしている間も地震が起こる。そのたび、しゃがんで耳をふさいでうずくまっていた。でも、地震におびえてばかりでもいけないと、朝から夕方まで黙々と片付けを続けた。片付けが終わった時の、祖父たちの喜んだ姿や笑顔が、私の心を少しずつ癒やしてくれた。

その後も、近所の家の片付けを手伝う日々が続いた。5月9日に学校が再開し、手伝いはできなくなったが、近所の人が会うと必ず「あの時はありがとうね」と声を掛けてくれるのがうれしかった。

私は地震で自分の心を失いかけた。だが、家族や近所の人たちのおかげで、以前の状態に戻っている。地震発生から1年が過ぎたが、まだまだ「復興」という2文字には少ししか近づけていない。支援を必要としている人や思うように生活ができない人はたくさんいる。

最近も地震は起きており、もしかすると、また大きな揺れが襲ってくるかもしれない。誰もが二度と地震は起きないでほしい、昔の生活を早く取り戻したいと願っている。

私はこの地震を体験して、今誰か困っていないか、誰か助けを必要としていないかと思いをめぐらせるようになった。一方で、地震は自然が引き起こすもので、誰も止めることができない。自然と向き合って生きていかなければならないとも思っている。

（29・8・20付）

感謝

米光　セツミさん（62歳）――農業・御船町

「ギィーギィー」「ガァーガァー」という音と共に「ガランガラン」「ドシンドシン」と何か物が落ちる音――。ダイニングテーブルの下に潜り込み、「いいかげんやめてくれない」と願っていた。あの恐怖からもうすぐ1年。特に、本震が襲った4月16日は忘れられない。いや忘れてはいけない一日となった。

未明の激しい揺れの後、夫と義母の家族3人で車中泊。といっても度重なる揺れに恐怖を覚え、眠れなかった。夜が明け始めてからわが家を見ると、瓦がほとんど落ち、縁側のサッシははずれ、ガラスは割れている。恐る恐る家の中に入ると、部屋は散らかり、落ちた土壁の変な臭いがする。「まずは腹ごしらえ」と思うが、水は出ない。幸いガスは使えたので、冷蔵庫の中に入っていた水でご飯を炊いた。

それからが大変。屋根にかぶせるブルーシートを購入するため、私は近くの量販店に開店1時間前から並ぶ。たちまち長蛇の列。並んでいる人たちは口々に自宅の地震被害状況を話している。開店と同時に駆け込み、われ先にと手に持ち、レジで支払いを済ませた。主人は手伝いに来てくれた知人3人と屋根にブルーシートをかぶせる作業。その間にもたび重なる余震。高い所に上ってもらっているので、私は家の中の片付けをしていても気が気ではなかった。

作業のお礼にお昼ご飯を買いにコンビニに行くと、また長蛇の列。しかも品数も少ない。目についたものを取ってレジに並んでいると、熊日新聞の販売店の人が新聞を配ってくれた。県内の被害の状況が分かり、「こりゃ大変」と、気が引き締まる思いがした。

その日から初めての経験が続く日々となった。車中泊は半月に及んだ。自衛隊の入浴サービスにお世話になった。道路には県外ナンバーや自衛隊の車が増え、いろいろなボランティア活動をしていただいた。私たちよりはるかに被害が大きかった東日本震災を経験した宮城の方もおられた。

本当にいろいろな人にお世話になった。大切な休日、眠る時間を削って、しかも身銭を切って、おいしい物を届けてくれた人が多かった。今まで国内でも多くの自然災害があり、そのたびに悲しいつらい思いをしている人がいたはずだ。

私はその時何かしようとしただろうか？　その人たちの思いに本当に寄り添っていただろうか？　反省するばかりだ。熊本地震により、当たり前と思っていた日々が壊れ、肉体的にも精神的にも大変な目にあった。でも、相手の心に寄り添った言葉掛けや行動が、どんなにうれしいか、あらためて感じた出来事だった。

熊本地震でなくなったものも多いけれど、自然・人・物に対する感謝という大切なものを学ぶことができた気がする。

（29・8・27付）

一変した町並みからの歩み

永田　淳子さん（64歳）―主婦・嘉島町

恐ろしい悪夢、大地の怒りが2度も起こるとは誰も想像しなかったであろう熊本大地震。1度目の地震。「ドーン」という音と一緒に大きく揺れ、「何、何が起きたの」とただただあぜん。2度目は、懐中電灯に照らされた先の物々が目に飛び込んできて、その状況にぼうぜん。そして私は絶叫した。皆が大変、町が大変。熊本が大変。何も考えられない状態だった。

わが家はどうにか持ちこたえてくれたが、周りの立派な家々が全壊、激変してしまったのである。しかし、ありのままの現状をしっかりと受け止めなければ一歩も先へ進めないことも十分に分かっていた。この身に起きたことで、今何が一番大切なのかを考えて、一つ一つできることから始めた。今まで日記らしきものは書いていなかったが、車中泊の時、記録として書き残した。

やがてあの日から1年を迎えようとしている。あちらこちらから聞こえていた「ギィギィ、ドスーン、ズズズドーン」といった解体時の重苦しい〝叫び〟が、現在は「トントン、トトトン」という希望のある、再建の音《ね》に変わった。少しずつ町並みも復旧復興へ、形となって整ってきている。

先はまだまだ遠いが、互いに気力と知恵をしぼり出し乗り越えなければならない。みんな辛い、大変な思いをしても、かけがえのない宝をなくしても、生きなければならない。残された者、物。これからもその地で暮らしていく住人として、人々の活動がきっと何かの役に立つ時が来ると信じている。

あぜんとぼうぜんの中からはい上がり、非日常から日常へと懸命に努力している人。いろいろな地域からの支援と力が集まって、町の状況も良い方向へと変わりつつある。

いつも枕元に水、ラジオ、懐中電灯、携帯電話、ホイッスル、そして軍手と靴を用意していた私を夫は笑っていたが、「あなたの用心深さが本当に役に立ったね」と言ってくれた。準備、工夫をすることを教えてくれた父の言葉が私を支えてくれている。戦争で右腕をなくした父は、なき手があるかのごとくに見えた。「今の人たちは、五体満足な体を使いきれていない。工夫すればどうにかできる」ということを実行し、語ってくれた。私の心の力ともなっている。

このたびの大地震で多くの方々にご心配いただき、感謝でいっぱいである。弱い心と強い心とが入り交じった日々を過ごして来た1年余り。ご先祖様のお墓の建立が済むまでは、心の安らぎは得られない。

一声掛けて、一歩前進。心を強くして歩もう。


（29・9・3付）

変わらずに在ること

田邉　幸子さん（36歳）――会社員・熊本市中央区

「全部崩れた」。本震直後、外の様子を見に行った夫の顔からは血の気が引いていた。朝になり改めて見た光景に言葉を失った。

私の住まいは夫が宮司を務める神社の境内にあり、社務所を兼ねている。幸いなことに住まいは地盤沈下で少々傾いたものの、大きな被害はなかった。しかし、通りに面した鳥居や灯籠などの石造物は崩れ落ち、無残な姿になっていた。

亡き父親から引き継いで境内整備を10年以上続け、これから次世代に向けて新たに頑張ろうと話をしてから3週間後のことだった。

夫の落胆ぶりは見るに忍びないくらいで、今まで見たことのない弱々しさだった。自宅や家財が無事で一安心した一方で、これまで支えとして頼ってきた夫の憔悴《しょうすい》した様子に、私が代わって一家を支え、神社を復旧しなければならないのかと苦しく感じた。当時身重の体で、2歳にならない長男もいた私には肩の荷が重すぎた。ただもう頭の中は真っ暗で何を考えることもできなくなった。

これまで当たり前にあった日常生活の色も景色もすっかり変わってしまった。毎朝の日課であるご本殿の扉を開けることやお供えをすることを、地震当日の朝と翌日も夫はしなかった。歩道に散らばった石材を片づけるのがやっとで、お守りやお札の授与所の片づけも手付かずのまま2日が過ぎた。当然、私の職場も長男の保育園も休みになった。細かい被害状況も分からず、いつ日常生活を取り戻せるのかまったく見通しが立たなかった。夫を励ます言葉も思い浮かばず、私自身途方に暮れた。

神社に嫁いで3年弱。地域の中の神社の存在意義をずっと考えていた。うっかり通り過ぎてしまいそうな小さな神社だけれど、変わらずに在ること、神様は見守られていますよと示すことで、地域の立て直しの支えになれるのではないかと気がついた。それぞれ誰しも失ったものは大きいけれど、神様にお参りすることからまた始めようとしてほしい、と強く思った。

そうであれば、ご本殿は無事だったのだからこれまで通り開けなければならない。それが夫にとっても初めの一歩になるだろうと確信し、進言した。そして、18日朝、神社の復興が始まった。ありがたいことに夫の友人知人の訪問や支援もあり、夫は次第に元気を取り戻していった。

ニュースや新聞で見かけるような大きな神社ではなくても、氏神様はその地域の心のよりどころだと思う。あって当たり前の鳥居が片脚だけになって、その喪失感はとてつもなく大きく感じる。変わらずにあることのありがたさと維持していくことの重要性を思い知らされた地震であった。このことは次代を担う子供たちにしっかり伝えなければならないと思い、この手記をまとめることにした。

（29・9・10付）

「人とのつながり」実感

村山　美晴さん（57歳）――会社員・熊本市西区

熊本地震からやがて1年がたとうとしている。今、私は地震の前と変わらない日常を過ごしている。だが、それは正確ではない。私の心の中では確かに変化があったのだから。

私は若い頃父を亡くし、10年前には母も亡くした。その後弟が結婚して県外に出てからは気ままな1人暮らしだ。仕事や趣味に没頭し人生を謳歌《おうか》しているうちに、あっという間に年を重ねてしまったが、好きな時に好きなことができる自由を満喫していた私はこのまま一人でいるのもいいかなと思っていた。

２０１６年4月14日午後9時過ぎ、食事を終えテレビを見ながらゆったりと過ごしていた時に前震が起こった。テレビの画面が切り替わり、地震を伝えるニュースを見ながら、何が起こっているのかを理解した時、生まれて初めて一人でいるのが怖いと思った。

弟や友達から電話やメールが来て、連絡を取り合っているうちに少し気持ちが落ち着き、余震に注意して頑張ろうと思っていたところにあの本震がやって来た。

もう一人では耐えられない。近くに住んでいるいとこが声をかけてくれたので、すぐにいとこのところへ行き、一人でいる恐怖からは脱出することができた。こんな時でも仕事に行かなければいけなかったので出かけたが、職場にいるときは逆に救われた。同僚と会話をしたり、仕事をしたりしているとで不安や恐怖を軽減することができたからだ。

いとこたちとの車中泊では、家族というのはこういう時、本当に強い絆で結ばれているのだということを感じた。仕事で避難所を訪れた時も、家族が役割分担をして支えあっている姿を目の当たりにして、家族のいない寂しさを心の底から感じた。

同級生の親たちはまだ健在なのに、なんで父も母も早くに死んでしまったの？　弟はなぜ熊本を出て県外に行ってしまったの？　心の中で「なぜ？」がいっぱい出てきたときにふとある言葉を思い出した。「ＷｈｙよりＨｏｗで前へ進め！」という言葉だ。

人は苦しい状況に陥るとつい「Ｗｈｙ（なぜ）？」と後ろ向きになってしまうものだ。でも、そうやって過去を振り返るばかりでは決して事態は好転しない。「Ｈｏｗ（どうやって）」この状況を乗り越えるかと、前を向くことが大切なのだ。そういう意味では、地震という苦難も私にとっては自分の考え方を変えるチャンスなのかもしれない。

身近にいるいとこや親戚をもっと頼ろう。職場の仲間。学生時代からずっと友情を育んでいる友達。この人たちとの絆を大切にしたい。そしてもしかしたらこれから幸せな出会いが待ってるかもしれない。今まで以上に人とのつながりを大切にしたいと思うようになったのは熊本地震で得た教訓だった。

（29・9・17付）

夫への感謝

後藤　菜穂さん（60歳）――会社員・熊本市東区

「だいたい、おまえは心配性だ。もう余震だけん大丈夫だ」。車中泊をしようという私に、夫は家で寝ると譲らない。４月15日の夜のことだ。

天草に単身赴任中の夫は14日夜の地震の惨状を聞き、慌てて帰って来たのだが、赴任先はたいして揺れなかったのと、自宅の被害がなかったのでほっとしたのか、のんきなものの言い方だった。震度６を一人で体験した私は大いに不安を感じてはいたが、親戚や友人からの電話に「大丈夫」と笑って答える余裕があった。この時までは…。

16日未明、２階の寝室で寝ていた私たちは、ズンと落ちるような感覚とともに今まで体験したことのない揺れで目が覚めた。急いで電気をつけ本棚脇で寝ていた夫を呼び、周囲に落下物のない私のベッドに２人で腰かけた時、フッと明かりが消えた。

停電だ。真っ暗闇、激しい揺れにベッドの縁をつかんでいても体が大きく揺すぶられ、ガタガタと家の柱や壁が鳴り続ける。手探りで捜し当てた懐中電灯をつけ、見上げると天井が大きく揺らいでいる。

「昨日もこんなに揺れたのか？」「昨日の倍くらい揺れてるよ！」。そんな会話をしながら、逃げるタイミングを計るが、強弱を繰り返す長い揺れに動くことができない。どのくらい揺れが続いていただろう。10分？　20分？　いやもっと。

揺れが弱まり外に出ると、斜め向かいの空き地にご近所の皆さんが集まっている。お互いの無事を確かめ合い、繰り返す大きな余震におびえながら皆で固まって夜明けを待った。

朝、自宅に戻ると家の中は足の踏み場もない。この惨状にあぜんとした。外壁はひびだらけで、家が建っているだけでもありがたかった。一日中、黙々と片付け、何とか布団が敷けるスペースはできたが、さすがの夫もその夜は家で寝るとは言わなかった。

車中泊をしようと、前夜逃げた空き地に車を止めると、ご近所の皆さんは避難所に行かれたらしく私たちだけだった。地震前から風邪をひいていた私はもうグッタリ。車内にあるテレビをつけると、もう地震情報ではなく映画をやっていた。温泉をテーマにしたラブコメディーを、背もたれに深く体を沈めて毛布をかぶりボーッと眺めていると、サーッと雨が降り始めた。外は驚くほど暗く静かで前夜のことはうそのようだった。

夫の単身赴任が長かったため、1人暮らしに慣れているつもりだった私は「一人でも生きていけるのでは」という考えを持つようになっていた。しかし、人生最大とも言えるピンチに、夫が隣にいてくれてどれだけ平静でいられたか。忙しい中、余震の続く危険な道をいつもの何倍もの時間をかけ帰って来てくれた夫に深く感謝した。

「何か屋外映画場にいるみたいだね」。夫の言葉に2日ぶりに私は笑った。車中に流れる映画の音楽と、窓を打つ雨音を聞きながら余震の中、私はぐっすり眠った。

（29・9・22付）

車の鍵と携帯電話と

岡　みなみさん（29歳）――嘉島町

本震の日。慌てて家から飛び出した私が手に持っていたのは、車の鍵と携帯電話。その二つだけでした。

友人たちからの連絡を告げる携帯電話を眺めながら一夜を過ごし、朝になって家の中を見渡すとガス釜の中に水に漬かったままの米がありました。昨日仕込んでおいた、普通だったら朝炊き上がっていたはずのお米です。「ガスは使えるのかな」と、安全を確認しスイッチを押すと、ガス釜に火が入りました。

「ご飯が炊ける」。ただご飯を炊くだけなのに、急にわくわくしました。揺れと揺れの間を見計らって炊き上がったご飯を庭に持ってきて、ビニールシートの上に座り、大きなおにぎりをたくさん作りました。倒壊した家々が点在する中で、おにぎりを親子3人、頬張ります。塩も何も付いてない、ただの白いおにぎり。ひとりぼっちで食べているわけではないことに、心から感謝しました。

取りあえずはガソリンと食べ物の確保のために外出しようとしたのですが、どこでまた地震が起こるか分からないので、大事なものをカバンに詰め込み、常に持ち歩こうと考えました。「何にしよう」と考えても携帯電話と車の鍵と…。必要なものしか頭に浮かびません。唯一、大事にしている腕時計だけはなくても困らないものの詰め込みました。

今ならアルバムやパソコンなどと思うのですが、当時はたったそれだけでした。こんなにたくさん物はあふれているのに…。本当に大事なものは少ないのだな、と気付かされました。

仕事にも復帰し、日々に追われていた時、友人から一本の電話がきました。5月に行う予定だった結婚式を震災の影響で中止にするという連絡でした。一番つらいのは、今まで準備を頑張ってきて、一生に一度の幸せなセレモニーを目前に控えていた友人です。「ごめんね、いろいろ準備してくれていたのに、ごめんね」と何度も私に謝り、「なんでこんなことになっちゃったんだろうね」と電話の向こうで泣いていました。震災後、私は一度も泣いていませんでしたが、一気に不安が押し寄せ、涙がどんどんあふれました。

その日の夜、心配して頻繁に電話をかけてくる横浜の姉と話していました。つい愚痴っぽくなり、この家はまだ住めるのか、これからどうなるのかと不安をつらつらと並べました。すると姉は「私たちは三姉妹。3人で助け合えば、家を建てることもできる。両親や祖父母を支えることもできるよ。大丈夫」と言ってくれました。不安で頭がいっぱいだった、押しつぶされそうですべてを一人で抱え込まなければと思っていた私の心がスッと軽くなりました。

大丈夫と言ってくれる家族がいます。相手を思い、泣いてくれる友がいます。ひとりぼっちじゃない。これらが私の、本当に大事なものです。

（29・9・24付）

一つの異変

木村　靖子さん（57歳）――主婦・熊本市東区

熊本でこのような大きな地震が起きるなど、ほとんどの人が予想していなかったと思うが、では予想できていたら被害の状況は変わったのだろうか。

以前新聞で、布田川断層の危険性は有識者の間ではかなり高くなっているとの認識があったと読んだが、それにしては危機意識は全く共有できていなかったと思う。もちろん、地震国で暮らしている限り地震に対する備えは必要なのだが、それでも不意打ちを食らったという感は否めない。

だが、そんな私でも地震の直前、一つの異変を感じたのだ。それは動物…アリに関する光景を去年は全く目にしなかったこと。例年必ず目にする光景を、去年は一度も見なかった。それを意識した時、確かに変だなと思った。

啓蟄《けいちつ》を過ぎて毎年必ず目にしていた、道路上に点々と見える土。それは冬眠していた虫が地上に出てくる合図のようなものなのだが、アリが大の苦手である私は、それが目立ってきた時点で家の周囲に害虫の侵入を防ぐ薬剤をまくことにしていた。だが去年はどんなに気温が上がっても、それが全く見られなかったのだ。おかしいなと思いつつも、不快な光景なのであまり意識しないようにしていた。だが、かなり暑くなりいざ薬剤をまこうとした時にはっきり変だなと感じたのを覚えている。

私がそう感じたのは4月の初め、まさに地震が来る直前だった。動物は時として、どんな高度な機械よりも正確に異変の兆候を示してくれているのではないか。私はこのことを通じてそう思った。誰も足元の小さな生物など見向きもしない。だが動物の危機を察知する能力は人間よりはるかに高いし、そんな動物の行動に見向きもしないのは人間のおごりではないかと、私はそんな考えさえ抱いている。

異論反論もあろうかとは思うが、私はこの先もし被災した体験を話す機会があれば、必ずこのことも話そうと思っている。地震予知ができれば、必ず被害の軽減につながるのか。それはあらゆる面で難しい問題だが、少なくとも精神的ダメージは今回のように負わなくてもいいような気がしている。私も被災直後はあまりにもショックだった。今も少しでも揺れたりするとまだあの夜の恐怖が確実によみがえるのだ。

だがこの震災を体験したことで、地域の人との連帯感は確実に強くなったと思う。同じ災害を乗り越えた熊本に暮らす者として、震災以前にはなかった強い絆を平凡な一主婦である私でも感じるのだ。これから熊本を復興させるために頑張ろう。私は誰彼となくそう声をかけたい心境になる。言葉にはできないが心からそう思う。

（29・10・1付）

地震から見えたもの

茂永　教子さん（58歳）――大正琴講師・御船町

その時私は、お湯に浸り窓際に飾ったボタンの花を眺めていました。突然、ごう音とともに湯船ごと持ち上げるような激しい揺れが長い間続き、その間にあらゆる物が壊れたと感じました。

真っ暗な中、手さぐりで服を着て、隣に住む母の安否確認に外へ出ると、落ちた瓦の山でスリッパが破れ、靴を履かなかったことを後悔しました。母は負傷していましたが、命が助かったことに安心し、近所の方々の安否確認に奔走しました。

普段から高齢世帯が多いのが気になっていました。安全な場所に避難させないといけないと思い、わが家の庭に集まってもらいました。避難者の中には重傷の人もおり、救急車を呼びました。ここまで来られるか不安でしたが、サイレンの音が頼もしく聞こえました。その日はこの庭で一夜を明かすことになると思い、ブルーシートを敷き、持ち出せる毛布を集めて、高齢者が寒くないよう寄り添って座ってもらいました。今思えば、真冬のように寒くなく、雨も降らず、みんなの命が助かり、いくつもの幸運に助けられていたのだと思います。

何度も襲ってくる余震におびえながら朝を迎えました。恐ろしい光景を目にしながらも、新聞配達のバイクの音に驚き、感心したのを思い出します。みんな一生懸命生きている、私も頑張る、みんなの役に立ちたい、支えていこうと思いました。

その後の本震で、近所の皆さんの家は住めなくなり避難所へ。私も全てが終わったと感じ、死を覚悟したくらいでした。初めて地面が割れていく音を聞き、今でも耳が覚えています。

避難生活では、水とトイレが一番必要だと思いました。車中泊が2週間ほど続きましたが、雨が降ると大変でした。でも毎日のように水や食べ物を持って来てくれる人、心配して電話やメールをくれる人など、たくさんの人の支えがエネルギーになりました。

自然災害に人は無力だけど、それから立ち上がる力を人は持っている。その源にあるのは「絆」や「つながり」であることが見えてきたように思いました。

ある被災者の方は「私は幸せです」と言っていました。震災は悲しい出来事でしたが地域の消防団、役場職員、ボランティアの方、全国から熊本のために支援くださった全ての方々に感謝しています。

この時代に生まれ、この地で生活し、同じ思いを経験した者同士助け合いながら生きていかねばと思います。私の母もやっと元気になりつつありますが、高齢者にとってどれだけ重いダメージを心身に受けたかと思うと、まだまだ時間と支えが必要です。これからも私の目の届く範囲で、近所の方々をサポートしていこうと思います。みんなが心から笑えるように。それが本当の復興でしょうから。

(29・10・8付)

未来へのちかい

木下　可奈子さん（11歳）――千丁小6年・八代市

平成28年4月14日夜、熊本で大きな地震が起きました。当時、私は小学5年生で、八代市に住んでいました。父は仕事で、熊本市内におり、母と妹と私の3人でお笑い番組を見ていた時でした。「ゴゴゴー」と、突然、地鳴りがしたかと思うと、グラグラグラと大きなゆれがおそってきました。「ミシミシ」と音をたてて家がゆれます。「大きな地震よ。机の下にかくれなさい」。母の声で、私たち3人は机の下に身を寄せました。

電灯が大きくゆれ、たなの上から物が落ちるのが見えました。「ママ、どうなっちゃうの。こわいよ」。机の下で妹と手をにぎり、地震が収まるのを待ちました。その間も「ファン、ファン」と、地震速報の大きな音が流れます。しばらくして地震はやみました。「大きな地震だったね。でも、もう夜おそいからねましょう」と、母が言うのでねむりにつくことにしました。

次の日、学校は休みになり、母も仕事を休んで3人で家の片付けと地震対策をしました。その間も、余震が続き不安になりました。1階で寝るのは危険なため、2階で寝ることになりました。

そんな中、16日夜、再び大きな地震が起きたのです。すぐに目が覚めました。前回の地震よりも大きい。ゆれる時間も長い。このまま家がこわれるのではないかと心ぞうがバクバクしてこわくなりました。母にだかれながらウトウトしたかと思うと、再び余震がおそってきました。こうして、よくねむれないまま次の日の朝をむかえたのです。

1階へ降りて行くと、床がビショビショにぬれていました。水そうの水がこぼれ、金魚が数匹浮かんでいました。私は、涙を流しながらこぼれた水をふきました。金魚をすくって近くの川へかえし、手を合わせました。

その後も余震はやむ気配をみせず、朝も昼も夜も続きました。次第に、家族の体調にも変化が表れてきました。母は頭のふらつきをうったえ、妹はおうとすることが続きました。私も、ため息が多くなったり、少しの物音にもビクッとおどろいたりと、びん感になっていました。いつ地震が起こるか分からないので、外に出て遊ぶこともなくなりました。心配した母が、「近くに住む祖父母の家に行ってみよう」とさそってくれました。

気分転かんに行ったはずの祖父母宅だったのですが、祖父母もまた体調がすぐれず、話を聞いてみると、地震の間は車に寝泊まりしていて、心休まる日がなかったということでした。

今回の熊本地震で、たくさんの物がこわれました。たくさんの大切な命が失われました。私は、この先もこの悲しい地震災害の日を忘れることはありません。同時に今、私たちにできることを考えます。それは、悲しい気持ちに負けないこと、未来に向かって歩いていくこと。熊本は、ここで終わりじゃない、必ず復こうさせる。そう心に強くちかい私は、これからも前を向いて歩いていきます。

（29・10・15付）

地震を知らずに逝った妻

福永　征雄さん（79歳）――元公務員・熊本市東区

かわいそうな妻・照子は左腎がんに侵されていた。摘出手術は成功したものの、その後リンパ節などの臓器にがん細胞が転移し、約5年間は入退院の繰り返しであった。

秋の深まる一昨年の10月下旬。末期がん患者専用のホスピス病棟へ入院となった。翌年2月までの4カ月が、彼女に残された寿命である。

わが家恒例の年の瀬の大掃除から、すがすがしい新年の初日の出までを、55年の結婚生活の中で初めて私一人で迎えた。何と寂しく、何と悲しいことだろう。元日、病床の妻を見舞うと「離れ離れの大みそかで、私も辛かったよ」と…。それでも「明けましておめでとう」と言い合った。

余命を宣告された2月は案ずることなく過ぎ、桜の季節を迎えた。4月1日、病院側の配慮で、妻の個室にベッドをもう1台用意していただいた。目は見開いているものの、妻はほとんど意識不明の状態だった。ただ、以前2人で手を取り合いながらの長い思い出話が、最期の会話になろうとは知るよしもなかった。

4月14日午後9時半ごろ、今日も一日生かされたことに感謝しつつ床に就こうとした瞬間、立っていられないほどの揺れが来た。とっさに妻のベッドにしがみついた。何が起こったのか理解できず、そのまま眠りにつく妻は、むしろ幸福だったかも知れない。夜が明けてみると院内外は大変な被害であった。

主治医から「奥さまは私たちが見るので、自宅へ帰ってください」と告げられ、マイカーを発進させた。だが、道路も橋も行く先々で破壊されており、通常は15分程度の道のりを1時間半かけてやっと帰宅した。

わが家は見るかげもなく、境界のブロック塀が倒壊、屋根瓦や壁も落ち、ライフラインも全てストップ。一瞬にして私たちを襲った悪夢に避難場所さえもなく、車中泊を余儀なくされた。

地震後3日目からは妻の個室に戻ることができた。意識が戻らない妻に毎朝話し掛けた後、自宅の片づけやら、遺品となるであろう物品の仕分けやらで忙しい10日間が過ぎようとしていた時、看護師さんから「今日は一日、どこにも行かないでくださいね」と言われた。

その夜8時半。妻は無言のまま、静かに眠るように旅立った。享年79歳。「関連死」ではなかったが、寿命とはいえ私の心には大きな空洞ができた。40年住み慣れたわが家は半壊となり、解体撤去され、更地となった。一度に妻と家の両方を失い、子どももいない私は、ストレスと連日の作業で疲労困憊《こんぱい》し、頭髪が急速に抜け白内障も進行。両目を手術した。地震の恐怖、環境の変化がかくも心身に悪影響を与えるのか、と驚きつつも、この人生最大の苦難が私の克己心を強くしてくれたのは言うまでもなく、この逆境が人間形成の土壌となるであろう。

（29・10・22付）

子牛に勇気もらった

古澤　セイ子さん（77歳）——畜産業・南阿蘇村

平成28年4月16日。いきなりベッドから突き上げられるような揺れ。次に、北の方へ放り出されるような揺れ。「ワァー地震」と主人、息子と叫び合ったとたん、電気が消えた。揺れは強まる一方で立つことすらできなくて、怖くてベッドの下にもぐり込んだ。

どれくらいたったか分からないけど、息子が「今出よう」と大声で叫んだ。無我夢中ではだしのまま、どこを通って外に出たか分からない。命だけは助かったと思った。

牛たちがモーモーと怖がって鳴いて走り回っているので、懐中電灯で照らし「大丈夫、大丈夫」と何度も声を掛けていたら、少しは穏やかになった。けれども牛舎が傾き、また強い揺れが来たら倒れそうな感じなので、少し東の空が明るくなるのを待って、別の牛舎へ移した。

その頃、あちこちから「助けて…助けて…」と声がしていた。揺れも少しは小さくなり、近所を見渡せばわが家と隣の家が残っていて、あとは住居や牛小屋が全部倒れていた。しばらくして家の中を見ると、ガラス戸が割れ、たんすなどの家具が倒れ、足を踏み入れられなかった。

そのうちに牛が餌をくれ、水をくれと呼ぶ。揺れるたびにビクビクしながらも、自分たちは食べなくても牛には食べさせなければならない。疲れたと言っている暇はない。明かりはなく、水道も止まり、息子は毎日2〜3トンのタンクで牛の飲み水を運ぶのが日課となった。

数日たって、北は北海道、南は九州各県より代わる代わる自衛隊の方々が水を運んでくださり、本当に助かった。またテレビ、新聞で知ったと励ましの電話や見舞いの品々なども頂き、心温まる思いで涙が出た。本当にありがとうございました。

車中泊をしていると、消防団の方々が心配して「今日一晩だけでも避難所に来てください」と言われる。避難所に行ったが、ちょうど出産を控えた牛がおり、夜中に気になって見に帰った。「朝までは大丈夫だろう」と息子と話し、いったんは避難所に戻ったが、どうしても気になり、また1人で帰ってみた。

すると子牛が生まれていて、母牛のおなかの中にいた時と同じく袋の中にいた。だいたい子牛は前脚の力で破るのだが、その子牛はまだ袋の中だった。

幸い、口と鼻の所の袋が破れていて、息ができていた。きっと息が苦しくなって動いた時に、床のコンクリートにこすれて破れたのだろう。牛は口からは息ができないので、鼻の所が破れたのは神様が助けてくださったのだと感謝している。

地震後は次々に3匹の子牛が生まれ、病気一つせず今年1月の市場でお別れした。月日のたつのは早いもので、あと1カ月で4月が来るが、子牛を見ていると勇気と希望がもらえる。今回の地震でお世話になった方々に、紙面を借りてお礼申し上げます。

（29・10・29付）

気づかされたこと

西村　美和子さん（48歳）――介護職員・熊本市西区

あの日、あの時。家族でくつろいでいた幸せなひとときに突然の揺れ、そして本震。一瞬にして無残な姿になった熊本。わが家もすべての家具が倒れ、あまりの変わりように言葉すら出ない。親は？　妹や弟は？　自分たちの無事を互いにメールで知らせた。ほっと胸をなでおろした瞬間がそこにあった。命がただそこにあるだけでありがたく感じた。

前震の後の本震など、想像すらしていなかった。身動きがとれず、わが子を守るのに精いっぱいだった。近くの小学校に避難、グラウンドで一夜を過ごした後体育館、教室で数日を過ごした。見ず知らずの人々から、「大丈夫?」と声をかけられ、おにぎりや飲み物を頂き、大きな支えになった。

ライフラインが止まり、水のありがたさ、電気やガスが使えることのありがたさに気づかされた。地域の方々、ボランティアの方々の優しさに触れ、私は前向きに歩き始めた。

この状況でいつもと同じようにポストに新聞が届けてあったのには、感謝と感動で涙した。配達する人も大変な状況なのに、思わず「届いとるよ」と、声に出して家族に知らせた。今の情報や今後のことなど不安でいっぱいの中、新聞が何よりの頼りでもあった。

大きな揺れを経験した3歳の娘は私たちから離れなくなり、ヘルメットをかぶって遊ぶようになった。理由もわからず泣きわめくこともあった。それでも、前に進むしかない。避難した小学校を娘は「地震の時に行く場所」と言い、小学校ではなく避難所だといまだに思っている。

体調を壊し、小児科を受診した時「大丈夫でしたか?」と言ってくださった先生。子育てに悩んでいた私はありがたくてたまらなかった。水やガスが使えるようになり、まっ先にお風呂に入った。「あ〜」「ふぅ〜」。家族全員、それぞれが何とも言えない気持ちだったろう。

いまだに本震が突然頭をよぎる。「自分の身は自分で守る」は今回の地震で気づかされたことだ。水や食料をいつも準備しておくことや、家族で避難所を決めておくなど、前もって決めておくことの大切さが教訓になった。何より生命が助かったことは奇跡そのもの。熊本地震は、月日がどんなに流れても忘れてはいけない。

あちこちで家の解体作業を目にする。その家の思い出や歴史など、歩んできた日々を想像すると心が痛む。熊本地震からやがて1年。家族全員が笑顔で朝を迎えている。幸せなことだ。これからも地震で気づかされたことを忘れず、家族全員、一歩一歩前進していきたい。

声をかけてくださった方々、水やおにぎりをくださった方々、本当にありがとうございました。大好きな熊本で、一日一日を大切に、充実した日々を過ごしていきます。

(29・10・31付)

家族の会話

森　友美さん（36歳）——パート・八代市

広い範囲で被害が出た熊本地震ですが、1年がたち、地域の被災状況に差が出てきていることを強く感じています。

私の住んでいる地域は比較的被害が小さく、余震が落ち着くに従って日常を取り戻していきました。一方、私の故郷・益城町は被害が大きく、倒壊した家屋の解体は一部で進んでいるものの、手つかずで残っている家屋や亀裂や陥没したままの道路もあります。自宅再建のめどが立っていない方も多く、日常を取り戻すには、まだ時間のかかる方がたくさんいらっしゃるようです。

地震発生直後は、余震への恐怖、先が見えない不安から気持ちを一つに頑張らなければという思いを感じていました。地震から半年たったころには、私の周りでは落ち着きを取り戻している方が多く、家族以外と地震の話をすることは少なくなっていました。一方、故郷に住む両親や同居している姉家族は、なかなか進まない復旧や余震でも大きく揺れる家での暮らしにおびえていました。

この何とも言えない温度差が、時がたつにつれてさらに大きくなっていき、熊本地震が風化していくのだろうと感じずにはいられませんでした。私は、せめて家族の間でだけでも風化を防ぎたいという思いで、主人や8歳と6歳の娘たちとは、あえて地震の話をして過ごしてきました。

前震、本震が起きた日のこと、実家からみんなが私の家に避難して大家族のように過ごしたこと、話さなければ忘れてしまいそうになる細かいことまで話題にし、記憶にとどめておきました。同時に身の回りの危険な場所、いざという時の身の守り方も繰り返し話をしてきました。

そんな中、2月ごろから東日本大震災関連のニュースをテレビや新聞で見かけるようになると、娘たちが興味を持ち始めました。大震災は幼かった娘たちには記憶はなく、具体的に話したことはありませんでした。

いい機会だと思い、図書館で写真集を借りてみました。娘2人ともその惨状に衝撃を受けながらも、いろいろ聞いてくるので、津波の被害のこと、原発事故のことを話しました。震災関連の絵本も借り、娘たちなりに受け止めているようでした。そしていつか家族で、大震災の被災地に足を運ぼうという話になりました。

これからも日々の生活の中で、熊本地震のことを話題にしながら、少しずつ復興が進んでいく私のふるさとの風景を、家族と一緒にしっかり目に焼き付けていきたいと思います。

（29・11・5付）

家族との時間

髙濱　絢《あや》さん（27歳）――会社員・福岡市

「いってらっしゃい、鍵閉めとくね」と、夕飯の買い物へ行く母と祖母を見送った。前にもこんなことあったなと、ふと懐かしい気持ちになって子どもの頃を思い出した。鳥のさえずりと春風が心地よい午後、祖父がいつも腰かけていた庭のベンチに座って記録しておく――。２０１６年４月14日の私のインスタグラムには、真っ白な木香バラの写真とともにそうつづられている。

前震の2カ月前、私は米国から帰国し、そして祖父の死を知った。認知症の祖父は最期はきっと私のことを覚えていなかったと思う。熊本空港から帰る車の中、私は泣いた。帰宅して1年ぶりに会う大好きな祖母は、看病で腰を疲労骨折。絶対安静の寝たきり状態だった。

懐かしさに浸る間もなく、家事と現実に追われる日々に気持ちが追いつかなかった。生活がようやく元に戻り始めた頃、子どもの頃を思い出して優しい気持ちになった日、やっぱりこの家が好きだと改めて実感した日の夜、食後のだんらん中に、揺れた。

「嵐の前の静けさ」。昼の穏やかさを恐ろしく感じるほどの変わりようだった。繰り返す揺れの中、泣き叫ぶ私に父が覆いかぶさった。ただただ恐ろしかった。2日後の本震で、ライフラインは全て断たれた。鳴りやまないサイレンと地鳴りと湧き上がる不安で一睡もできない車中泊の夜が明け、母校である富合小へ避難した。14年ぶりだった。こんな形で戻ってこようとは、夢にも思わなかった。

避難所ではただただ時間が流れるのが遅く、少しでも家族がそばを離れると不安だった。ボランティアをしながら自らを奮い立たせることで不安を紛らわせたりした。雨の一夜が明け、支援物資を運ぶリヤカーを引きながら母と見た故郷の朝空と、一つのパンを家族4人で分け合って食べたことが印象深い。「生きるため」「守るため」に必死に生きた2日間だった。

倒壊を免れた自宅へ戻るも水の出ない日々が続き、出勤前の母と公民館で水をくむのが日課となった。トイレへ行く時は祖母へ声をかけ2人分一緒に流すことで水を節約。早朝に作業服を着て出ていく父を見送り、夜に母と父が無事帰宅するとほっとした。約20年ぶりに両親と川の字で寝る毎日だった。芦北の友人が届けてくれた「ヒライの弁当」を、両親と簡易テーブルを囲んで食べた夜を私は一生忘れることはないだろう。家族の距離がとても近かった。

大きな余震が減った頃、倒れて壊れた物を家族で片付け、めちゃくちゃだった家の中はずいぶん元通りになった。母が見つけたのはどこから出てきたのか「お手伝い券」。「かたたたき」「くさとり」の幼い文字に下手くそな絵が添えられていた。

20代も後半になって幼い頃のような一家だんらんができた。その一点のみにおいては、大切にしたい思い出だと思っている。祖父の一周忌を終え、しみじみとそう感じた。

（29・11・11付）

公民館に笑顔が戻った日

佐賀　由美子さん（55歳）――元社会教育指導員・熊本市中央区

寒さに負けず咲き始めたサクラソウに、心地よい匂いを漂わせるロウバイの花。震災直後の、あの冷たい暗闇からは想像もつかないくらい、今の公民館には、これらの花のように明るい声が響き渡っている。

「ここに来て、仲間の顔を見ることで元気がもらえる」。そんな話をしてくれる講座生のみなさんの明るい笑顔と笑い声。私の勤務する公民館に、少しずつ震災前の「学びの場」が戻り、温かな春の兆しがみえてきた。

震災後、館内は立ち入り禁止。人の気配の消えた暗いロビー。目に入るのは、1時25分で時を刻むのをやめた、寂しい時計。

震災直後は、日々の生活を維持していくことや家の片付け等に追われた人々も、時の経過とともに、心の潤いを求め、日常の暮らしを取り戻すことに目を向け始めた。

「心の潤い、日常の暮らし」―それが「仲間と集い共に学ぶ時間と場所」だと気づかされたのは、講座生のみなさんの姿からだった。後から知ったことだが、「震災に学ぶ楽しみまで奪われてなるものか」と、精いっぱいの抵抗として、毎日紙に英語を書き、心を奮い立たせていたという語学講座の方もいたらしい。

そして、「まずは集まれる人だけでも、集まろうや」と、6月くらいから自発的な呼びかけが始まった。自分たちの生活も大変な状況の下、場所の確保や連絡に奔走する人たちもいた。公民館からの連絡にも、電話の向こうから、逆に私たちに対しての心配やねぎらいの言葉が返ってきて随分励まされた。集い学ぶことを、震災からの復興の旗印にでもするかのような熱い思いに支えられ、8月から、形はいろいろだが講座は再開した。

「家は半壊で大変タイ」と言いながらも、その大変さを感じさせないくらい明るく振る舞う姿に、どれほど多くの元気をもらったことだろう。「学び合うことに喜びと希望を感じること」。これが生涯学習の原点だと、教えられた。

こんな声も聞いた。「震災以来、家にひきこもるようになってしまった。そんな時、折り紙の講座を偶然知り、折り紙を折ることで、また外に出て人とつながることができるならという思いで受講した」と。

人は衣食住が満たされるだけでは「生きている」とは言えないのだ。自分に合った知的好奇心を満たすことで心の潤いを感じる。そして、そこに存在するのが、学び合う仲間だ。

公民館の自主講座は、高齢の方の占める割合が断然多い。ここに来ることで、互いの元気を確かめ合い、みんなと話すことで、笑顔と元気をもらう。この「日常の暮らし」の持つ意味を、先の震災を通して学んだ。

人の気配のない建物はただのコンクリート。そこに人の温かさが存在して初めて公民館になる。そのことを教えてくれたのは、講座生のみなさんの学びへの熱い思いだ。

公民館に笑顔が戻った日のことを、私はあの地震の恐怖と同様、一生忘れない。

（29・11・12付）

変わらぬ命

安田　五月さん（40歳）――NPO法人理事・御船町

ばかと人に批判されてもよかった。私には守りたい、守るべき命がそこにあった。私は県鳥獣保護センターに勤務しており、けがや病気の野生鳥獣を保護するのが仕事だ。前震のあの日、数秒で日常が恐怖とともに暗闇と化した。おりの中の鳥獣は、自力で餌をとることができない。地震直後に家族の無事を確認すると、私は職場の動物の安否が気になった。だが、暗闇の中飛び出すのは危険だったので夜明けを待った。

保護動物も家族も、私にとっては同じ「命」。夜明けとともに息子を家族に任せて、職場へ走った。施設は無事で胸をなで下ろし、餌を与えて帰宅した。

帰宅して初めて、全てのライフラインが停止していることを知り、車中泊を余儀なくされた。そんな時「本震」とされる2回目の地震。屋外だったので、不思議と1回目より恐怖は薄かった。だが、夜が明けると明らかに自宅の周辺の様子が違う。「今度こそダメだ！」と思い職場へ走った。

動物たちは動揺しているが、皆無事だった。「怖かったね」と声を掛けながら、清掃や餌やりを行ったが、復旧までこの先どのくらいかかるのか、不安でいっぱいになった。

動物たちの餌のストックがない。「どうしよう？　ＳＮＳで呼び掛けるか…」人が食べる物もないのにそれはできない。「殺せばいい」「捨てればいい」という冷酷な言葉さえ脳裏に突き刺さった。

「誰にも頼るもんか！」という気持ちとは裏腹に、えさは手に入らない。水は何とか出たが、濁っていて飲めなかった。停電で幼鳥獣の保温ができない。次々に問題が発生した。動物の飲み水のため給水に並んだが、どこか心苦しかった。

そのうちペットフードの配給が始まったが、それでも「野生鳥獣のための餌をください」とは言えなかった。不安と悔しさが入り交じり、涙が出た。だが泣いてる暇などない。「動物たちを守らなきゃ」と気持ちを震い立たせた。

数日後、被害のなかった八百屋さんが店を開き、餌となる野菜を購入することができた。「これで何とかなる」とひと安心した。

体を使わねば何も始まらず、動きを止めると不安と恐怖でいっぱいになる。とにかく走り回ったが、それでも犠牲になった動物もいた。混乱の中で矛盾や納得できないことばかりが目に付き、どうすることもできなかったが前に進むしかなかった。

そんな中、「何か必要な物があれば送ります」という数本の電話に救われた。今までたまった思いを話し、悔しさや無念さを全て吐き出した。野生鳥獣を心配してくれる人がいたこと、ＳＯＳが出せないことを理解してくれる人がいたことがありがたかった。

今回の地震で、一人の力が自然界ではいかに無力か、周りの助けがどれだけ必要か思い知らされた。いまだに携帯電話を手放せない自分がいるが、助けてくれる人がいることを忘れずに、これからも野生鳥獣を守り抜かなければならないと思う。預かった命を、精いっぱい守る。それが私の使命だとあらためて思う。周りの人全てに感謝！

（29・11・19付）

言葉の力

嶋田　悦子さん（58歳）――会社員・熊本市南区

恐ろしい揺れは突然に起こった。車が大きく揺れた。2度、3度と跳びはねた。その時、主人と車内で2人きり。私はとっさに何が起きているのか分からなかった。お互い趣味で始めた今夜のボウリングの成績を教え合う平穏な時間であったはずなのに…。

目の前の信号機は大きく揺れ、根元から土ぼこりが舞い上がった。「地震！　地震だ！」。主人の声が車内に響いて、何とも言えない恐怖を感じた。4月14日の夜、後に前震と呼ばれた最初の地震であった。いつもなら15分ぐらいの帰路がとても長く感じられた。途中の住宅街。車庫が車を押しつぶし、警報音が鳴り響き、パトカーのサイレンが一層、私の心をざわつかせた。

家に着くと近所のおじさんが、「あんたたち、今帰って来たかい？　もう、怖くて怖くて家の中にはおられんタイ」といつもなら優しい顔がゆがんで見えた。わが家にいた息子2人の無事を確認して、その夜はどうにか布団に入ることができた。

その後、何度も何度も余震があるたびに目が覚めて怖がる私に、主人が「大丈夫、大丈夫」と、声を掛けてくれた。たまには、けんかをして主人の声なんか聞きたくないと思う時もあるけれど、その時ほど優しく、心強く私を励ましてくれるものはなかった。

その後、想像を絶する本震の夜を迎えた。16日の深夜1時半、家中が、大きな音とともに揺れ跳び起きた。外では、町内の緊急放送が流れ、「津波が発生しました。大至急避難してください。命の危険が迫っています」。緊迫した声が響いた。慌てて、息子2人と近所に住む主人の両親6人で車に乗っての大移動である。いったい、どこへ逃げろと言うのか、それはまるで、SF映画のワンシーンのようであった。

暗闇の中で群れた車のテールライトが連なり、赤い目をした蛇がうごめいているかのようにも見えた。慌てた車は田んぼに落ち、交差点では事故が起きていた。これが夢であったらどんなにいいかと、懇願するばかりであった。その後、津波注意報は解除され、義父の家の駐車場に戻り、車内でその夜を過ごすこととなった。

4月とはいえ、寒かった。道を隔てた向こう側に消防小屋があり、地元の消防団員の声が聞こえていた。私たちの車を見つけるとすぐに、「大丈夫ですか？　小学校が避難所になりましたよ。行かれませんか？」と声を掛けてくれた。彼らだって、不安と恐怖でいっぱいだったはずなのに。

あれから1年がたとうとしている。庭の梅は、何事もなかったかのように、赤いつぼみを膨らませて、今か、今かと開花を待っている。熊本地震では、たくさんの人が傷ついた。大切なものをなくしてしまった。でも、そんな今だからこそ、言葉の力を信じたい。あの晩、不安でいっぱいだった私たちに温かい言葉を掛けてくれた消防団員のように。私も、迷うことなく、忘れることなく、大勢の人に優しい言葉を掛けようと、強く思った。復興を願い、明日への一歩を踏み出せるように。言葉の力で！

（29・11・24付）

私の還暦

谷口　さよさん（61歳）――無職・熊本市中央区

私の誕生日は、4月15日。そして2016年は還暦で、節目の年だった。その誕生日の前日、突然の前震だった。強い揺れを感じながらも、わが家のマンションは頑丈で、夫婦で身を寄せ合い、揺れが収まるのを待った。

その後、余震を恐れて、棚の上に置いていた物を床に下ろし、水を入れたペットボトルを何本も用意した。幸い、阪神淡路大震災の発生後から、たんすの上には重い物を載せないようにしていたので、作業は楽だった。すぐに食べられるもの、火を通さなくてよいものだけを準備した。

そして、16日未明の本震。さすがに怖くなり、ペットボトルの水と冷凍パン、少しの貴重品を持って、マンションの人たちと声を掛け合いながら、近くの国府高校へ避難した。車中泊である。その際、漏電防止のためブレーカーを落として家を出た。

国府高校は指定避難所ではなかったが、運動場を開放してくださり、何十台もの車が避難してきた。どの顔も恐怖でいっぱいだった。夜が明けると、マンションの隣人からおにぎりを分けてもらった。人の温かさを感じた。おいしかった。

国府高校の皆さんには頭が下がる思いだった。トイレ用に水を大きなポリタンクに準備してくださった。さらにサッカー部員らが運動場に石灰で、「カミ　パン　水　ＳＯＳ　コクフ」と書き始めた。国府高校は指定避難所ではないため、救援物資が届かないから、とのことだった。すると、それを見ていた誰かが、「書いただけでは、わからない。椅子を置こう」と言い出した。早速、顔も名前も知らない者同士が協力し、上空から見える様、パイプ椅子を並べ始めた。

上空には何機ものヘリコプターが飛んでいた。私は、ヘリコプターに気付いてもらおうと、タオルを振ることにした。最初は１人だったが、人数が増え、小さな子どもまで目立つ服やタオルを振ってくれた。何機ものヘリコプターが通り過ぎて行ったが、午後になり、１機が上空を何回も旋回していた。「きっと気付いたよ。良かったね」と声を掛け合った。

次の日、国府高校にも羊かんや水などの支援物資が届いた。後日、テレビや新聞に取り上げられていたのを知った。男性陣が知らない者同士協力して椅子を並べ、子どもや女性陣はタオルを振るという助け合いの結果である。

その後、夫にエコノミー症候群の症状らしきものを感じたので、自宅に帰った。電気のみの生活だったが、家の中の片付けを始めた。

８月に中学の還暦同窓会があったが、お互いに地震の恐怖や大変さを語り合った。この地震で、人の温かさや協力して何かを成し遂げることの素晴らしさを実感した。私にとって、忘れられない「還暦誕生日地震」となった。

（29・11・26付）

主人の大事さを思う

吉岡　広子さん（68歳）――主婦・熊本市西区

「みしみしごとごと」。座っている私の腕にのし掛かってきたたんすの上の部分。「ええっ。何事ッ」「お父さん、のけて」。私の悲鳴に主人がすぐ来てたんすを引き上げてくれた。額から血が落ちてきた。「ああっ。血が」と言うとすぐタオルを取ってくれた。

「とにかく外に出よう」。主人は私の手を引き車まで連れて行ってくれた。余震が続く中で車で寝ることになった。寝付けなかったが、毛布を持って来てくれたのでいつの間にか朝を迎えていた。

ごちゃごちゃになった家具など部屋の片づけを主人が一人でやってくれた。ようやく落ち着いて寝た。やっと眠りについた午前1時半ごろギシギシ、ガタガタ。前日より揺れがひどかった。後で聞くと、これが本震で前日のは前震という。こんな強い地震がまさか自分の地域を襲うなんて、誰もが予想だにしなかった。

余震が怖いのと危険だということで車中泊をすることになった。避難所にも行ってみたが、狭くて寝る所もない状況だった。難病で自分では歩けない状態の私は、深夜のトイレの時は「おい。トイレに行くぞ」と主人に手を引いてもらい家の中に入るのである。壁を伝って移動していく。夜は1回しか行かなくて済むのが、せめてもの救いであった。

壊れたたんす、落ちた神棚や仏壇があった。「危ないけん、車におるタイ」と、主人が一人で片付けてくれた。割れたガラス、飛んだ線香の灰などを包んで、カーペットも捨てたようだ。5泊もすると「もう肩が痛くなった。家の中で寝よう」。

朝昼晩とおにぎりを避難所からもらっていたが「もう店も開いてるけん、自炊せんといかん」と言っておにぎりを断った。水道とガスは来ていなかったが、電気は使えたので電子レンジで調理した。幸いクッキングヒーターなので、買ってきた水で煮炊きもできた。

今度の熊本地震では主人の存在が特にありがたかった。隣近所の絆も大事だけれど、何と言っても夫の存在が一番だと思う。私のような難病を患っている者にとっては、体の不調が良くわかる主人がそばにいてくれるだけで心強いものである。

大事にしなくては、長生きしてもらいたいと、つくづく思ったものである。

（29・11・28付）

家具へのレクイエム

角居　幸江さん（49歳）――主婦・熊本市東区

地震で尊い命が奪われましたこと、心よりご冥福を申し上げます。

「神は乗り越えられない試練は与えない」というが、解体され災害ゴミと化した私の婚礼家具を、回収車が非情な音を立てのみ込んでいった時「神も仏もない」と思った。

平成28年4月16日深夜、震度7。益城町に隣接する地区のわが家では、落ちた瓦が車を直撃。外壁は観音開きのようにパックリと裂け、中にある筋交いが折れたことを示していた。

結婚する時「転勤族だから家具は要らんよ」と夫から言われていたが、自分の人生の門出を祝いたくて選んだ婚礼家具。新居の限られた空間にすっぽりと収まり、草花のモチーフが所々に彫られていた。家を建てる時、家具は2階部屋を補強して据えた。

前震、本震でも家具は転倒もせず、誰も傷つけず、肩寄せ合うように部屋の中心に集まっていた。

家屋の修復について、国交省から派遣された建築士は「補強した2階に重力のある家具があっても問題ないが、今回の地震で筋交いが折れた原因に、家具の重量が全く影響なかったとは言い切れない」と話した。

家具を処分することは、その説明を聞く前から少しずつ心に決めつつあった。引き取り業者は「家具に価値はない」という。行政は「解体し災害ゴミとして出してください」という。もう少し待てば、この家具を必要とする人が現れるのではなかろうか。一方、次に地震が来た時に、この家具で家や家族が傷つかないか心配もあった。結局、「今流行の『断捨離』。終活の前倒しだ」と自分に言い聞かせながら、自ら選んだ家具を自らの手で解体することにした。

家具をきれいに拭いて「ごめんね」と手を合わせた。「今までありがとう」という気持ちで解体した家具を家から持ち出す時、隣に住む方が「いいタンスだったね」と言った時、それまで耐えていた感情が、せきを切ったようにあふれ出た。回収されるまで雨ざらし日ざらしになって朽ちていく姿を目の当たりにして、私の心はズタズタになった。がれきの山を目にすると、家具たちのことが頭をよぎり涙ぐんだ。

そんな矢先、あるテレビ番組で和服を日傘に仕立て直すシーンが目に飛び込んできた。和服は残してあり、ミシンも壊れていない。早速自分のための一本を縫った。たくさん縫って壁一面に飾れば、地震でふさぎ込んだ人が見れば元気にならないだろうか。

平成28年9月「第34回くらしの工芸展」に初出品した日傘が初入選した。入選者の氏名を朝刊で見つけた時、家具への感謝の念を込め、空を仰ぎ手を合わせた。

（29・12・3付）

油断大敵

西　洋史さん（68歳）――元公務員・熊本市北区

6年前に東日本大震災が起きた。発生から半年後に宮城県石巻に住む友人の見舞いに出掛けた。大急ぎで復旧された仮の道路を友人に案内してもらいながら女川、雄勝へと北上し被災地の惨状を目にした。「言語に絶するとはこのことか」。がれきの山とすっかり人影が消えた街の跡や倒壊したままの建物を見て声が出ない。

復旧・復興の様子が報道され始めた昨年、被災地再訪を計画した。出発日の4月18日を目前にした14日に熊本地震が襲った。後に前震と命名される揺れだった。食器などに多少の被害を受けたものの再訪の予定は変更しなかったが、16日の本震はさすがに物心ともにダメージが大きく中止と決めた。

飛行機も旅館も地震を理由にキャンセルを伝えると、直前にもかかわらずキャンセル料は請求されず、逆に電話口の向こうから励まされた。気が付くと自身が被災者になっていた。

前震の後、布団を家具のある寝室から何も置いていない客間へ移した。本震時は、驚いて跳び起きた妻と共に部屋から廊下に出てしゃがみこんだ。「地震の時には慌てて外に飛び出さない」という戒めが頭をかすめたので、立て続けに発生する余震におびえながらも廊下で寝起きした。玄関に近く、たとえ倒壊しても家の構造から完全に押しつぶされることはないだろうとの判断もあった。

板張りの廊下に寝ているると揺れが来るのが予知できた。揺れの数秒前に「ゴオッ」という音が耳に届き、来るぞと身構えた。地震が生じる時、揺れを伝える波よりも速い波が同時に発生するのだろう。興味深い発見だった。

本震直後は散乱した食器や書物で足の踏み場もなくなった部屋を見てぼうぜんとした。無力感が襲い、片付けようという気力がわいてこない。地震は確実に心の中にも傷痕を残した。断層の存在が指摘され危険性は報じられていたのに、反省すべきは「油断」である。

テレビに映し出される益城町・西原村などの映像を見ると、わが家の被害は軽微だ。気持ちを切り替え行動することに決め、公民館の炊き出しを手伝うことにした。退職して料理教室に通った経験が生きた。食材は家庭にある物を持ち寄り、給水車の貴重な水を使い調理した。避難者は高齢の方も多く、温かな食事は喜んでいただけたと思う。町内で共助の精神が実践されたのは貴重な体験となった。

米国で暮らす娘や、たまたま中国に出張中の息子から、前震数時間後には安否を気遣う一報が入った。娘はＬＩＮＥ、息子はＮＨＫの国際放送で熊本地震を知ったという。地球が狭くなっていることを改めて感じた。

熊本城の無残な姿が痛々しい。石垣を復元する気の遠くなる作業を想像すると、石巻の友人が「破壊の時間に比べて、復興にはなんと時間がかかるものか」とメールで伝えてきた言葉が、当事者になった今しみじみと心によみがえる。これからも復旧・復興の作業は続く。

（29・12・9付）

忘れられた明治の教訓

大津山　量《りょう》さん（67歳）——住職・熊本市西区

「舟場町平五郎、孫娘タマ一ツ枕ニテ死ス、天満町七蔵娘トノ死ス、仁太郎死ス」——。

この記述は、明治22年7月28日夜に起きた明治熊本地震で死亡した高橋町の住民4人について、私が住職を務める寺の当時の住職で曽祖父の大津山家稜《かりょう》が、過去帳に書き込んだものである。

死者の記録簿である過去帳には死者の名前、法名、死亡年月日だけを書くものだが、よほど衝撃的で重大な出来事だったのであろうか。この前後に本堂の瓦や壁、塀などの損壊した様子が書かれ、最後にこの地震を後世の者が教訓とするようにと結ばれている。

高橋町は特に被害が大きかったようで、冨重利平が写した当時の被災地の写真11枚のうち、2枚が同町を写したものである。1枚は全壊した家屋や倒壊しそうな家を丸太などで支えている町並みの中で、子どもたちが立ちすくんでいる様子。もう1枚は、車中泊ならぬ船中泊とでも言ったらいいのか、坪井川に浮かぶ船の中での避難生活の様子を写したものである。

「熊本は水がおいしく、地震もない県ということで県外の企業誘致を進めてきました。明治熊本地震のことは知りませんでした」。とある会合で、自らの不明を正直に話された蒲島郁夫知事。自治会長を集めての防災関係の会合で、大西一史・熊本市長も、昨年の地震後「初めて明治熊本地震について認識した」と語られた。地震学者や関心のある人を除き、県民のほとんどが明治に起きた地震を知らなかったと思われる。

私たちは過去の災害をよく知り、そこから学び続けていかなければならない。阪神大震災後、ボランティアで神戸を訪れた私は、地震災害の恐ろしさを実感させられた。

当時、私は高橋小のＰＴＡ副会長だったが気がかりなことがあった。それは学校の周囲のコンクリート塀であった。学校と地域を隔てた高さ約２・５㍍の塀は、まるで刑務所の塀を思わせるものだった。何より心配だったのは、地震の際に崩壊して死傷者を出したり、道路をふさいで救急活動の妨げになったりするのではないか、ということだった。

当時、三角保之・熊本市長は、月１回、どんな課題でもよい、ということで市民と対話する場を設けていた。校区内の人たちに参加を呼び掛けたがなかなか賛同してもらえず、結局妻と２人で市長と会い、この塀の問題を訴えた。

市長には訴えを認めていただき、数カ月後にはコンクリート塀が金網のフェンスに変わった。今回の熊本地震では高橋小は避難所となり、多くの人々が出入りしていた。あのコンクリート塀が残っていたら、と思うといまさらながらぞっとする。

熊本地震での震災は今でも現在進行形で、さまざまな困難な課題もあるが、県外では忘れられつつあると聞く。１２８年前に私の曽祖父が書き残したように、私たちはそれぞれの震災体験を忘れずにしっかりと記録し、私たち自身と後世の人々への教訓とするべく残していきたいと思う。

（29・12・10付）

ポケットに娘の手紙

迫丸　尚継さん（42歳）──公務員・熊本市中央区

　ことし元日、雑煮を食べながら一家だんらんでテレビを見ながら大笑い。ささいなことできょうだいげんかが始まり、妹が泣かされて終了。どこにでもある正月を過ごしました。現在、自宅で生活することで不便を感じることはなく、電気・水道・ガス等のライフラインは使い放題です。

　平成28年4月14日、青天のへきれき。私は益城町で救助活動に従事しました。東日本大震災では宮城県に出動しましたが、熊本地震は桁違いの余震の大きさに「恐ろしい」の一言でした。隊員を絶対にけがさせまいと声を張り上げるも、上空の報道ヘリや応援で駆け付けた県外の緊急車両のサイレンでかき消されます。不眠不休で活動しました。帰宅すると、出迎えた家族に癒やされ、「今後は余震はあるが大きい地震はない」と話をしてから就寝しました。

　けれども、16日の本震。家族に車中泊を促し職場に行こうとすると、娘が号泣しながら大声で「何で仕事に行くとね」。私は「これがパパの仕事だから」と自分を鼓舞し車を走らせました。

　それから、生活が一変しました。自宅前での車中泊、ガスと水道が断たれ不便な毎日となりました。水が出ないのにこれほど難儀するとは…。洗顔、歯磨き、トイレは家族が使用する度に、ポリ容器の水をタンクに入れました。

また、入浴ができず銭湯へ。子供たちは喜んでいましたが、そこはまさに芋洗い状態。入浴で癒やされるはずが、誰一人ゆっくりできない入浴に殺気を感じました。けれども、子供たちには、水やガスのありがたさを切実に感じる機会をいただいたと思います。地球の資源を大切にする話もしました。
地震後には近所の方との会話が増え、お風呂を貸していただいたり、お菓子をいただいたりと、共助の必要性を痛感しました。

西原村は地元消防団が、日頃から住民と密着していたことで早期に救助活動ができたと新聞で知りました。「向こう三軒両隣」の自助・共助の必要性をもう一度、考える時ではないでしょうか。公助には限界があるからです。

地震発生後から今日まで熊日の1面には「支えあおう熊本　いま心ひとつに」の言葉が掲載されています。熊本の再興は一人ではできません。嵐の「ふるさと」の歌詞に「手と手をつないで」とあります。
困難な時ほど、手と手をつないで漸次熊本再興に向かいましょう。傷つきながらも立つ熊本城、飯田丸五階櫓《やぐら》の奇跡の一本足。熊本城も頑張っています。

熊本地震で亡くなられた方や自宅を失った方々のために、この地震を風化させないことが、私たち熊本県民の使命だと思います。私も熊本地震を忘れないために、地震後に娘からもらった手紙「地震に負けないようにがんばろうね」をいつも胸のポケットに入れて勤務しています。

（29・12・15付）

人との結び付き知った

福田　俊紀さん（27歳）――玉名市・団体職員

4月16日午前1時25分。下からの強烈な突き上げで、私の体は宙に浮いた。永遠にも感じられる揺れが収まった後、暗闇の中で母の叫ぶ声が聞こえた。

「早く逃げるよ。スリッパ履いておいで」

スリッパを履いて下へ向かう。階段の電球が割れ散らばっているのが、踏んだ感覚で分かった。家族全員で車に飛び乗り、高台へ急いだ。

私の住む玉名市横島町は干拓地だ。かつて島だった外平山があるだけで、周りは全て起伏のない平野。津波から逃れようと、たった一つの高台に町民が一斉に集う。案の定、坂の途中で渋滞が発生した。

それは、普段なら決して見られない光景だった。ヘッドライトとブレーキランプの群れ。赤い光が何かの警告のようで、焦燥と不安が、いや応なしに増強した。先頭の車が詰めてくれたのだろう、何とか頂上付近までたどり着いた時、町民の顔は普段見せる笑顔とはかけ離れていた。

家族連れや老夫婦などが集まり、ある人はラジオを片手に身を寄せ合って夜風をしのいでいた。そして、皆の目は自然と海を向いていた。

ラジオからは依然として津波注意報が繰り返し伝えられている。私も、偶然見つけた友人と共に暗い海を見つめていた。

そもそも農地が多く、その上停電しているので、遠くは海も含めてひっそりとした闇だ。しかし、その物静かさが余計に恐怖と不安をかき立てた。

もし津波が来たら、海からの波と、町を挟む二つの川をさかのぼる波で、町ごとのまれるだろう。注意報が解除されてなお、家に帰ろうとせずその場にとどまる人が多かった。私たち家族も同じだった。強い余震が続いて、帰ってもまた避難しなければならないのではないか。家より屋外の方が安全なのではないか。もっとも、車が渋滞していて、物理的に帰れない状況でもあった。

家に帰る午前4時までの2時間半、私はほかの住民と夜を共にした。普段、あいさつを交わす程度の付き合いしかない人が、何と心強く感じられたことだろう。人と人との結び付きこそが、恐怖を打ち消す最大の武器なのだと、この時ほど感じたことはない。

そしてこの後、新聞やテレビで、私たちと同じ熊本県民がなおも不安や恐怖の日々を送っている事実を知った。本震から間もない頃、西原村や南阿蘇村にボランティアで訪問した際、避難所では負の空気よりむしろ、活気や明るい印象を抱いた。そこに、あの日私たちが住民同士結び付いて困難に立ち向かった姿が重なった。

地震は確かに私たちの心と体を荒らして去った。一方、その裏で手に入れた人との結び付きは、これからも育み、受け継いでいかないといけない。

（29・12・17付）

おかげさまの日常

後藤　智香さん（44歳）――主婦・熊本市東区

春が訪れ、ワラビやタラの芽の収穫を心待ちにしていた14日夜、自宅の台所にいた私の体がぐらりとふらつき、気分が悪くなったのかと疑ったが、そうではなかった。地震の初動訓練のように、すぐにテーブル下に身をかがめた。経験したことのない大きな揺れと大きな音で、テーブルの脚を両手で強く握りしめながら、寝室にいる中学2年の長男の名前を叫んでいた。

恐怖で涙がとまらなかった。携帯用のテレビを持ち、家の中で最も安全だと信じていたトイレに、夫と長男、小学2年の次男の家族4人でこもった。玄関はカクレクマノミの水槽からこぼれた水があふれていた。そこへ近くに住む母が「公園に避難しよう」と迎えに来てくれた。公園へ行くと既に人でいっぱいだった。配布された毛布にくるまり、飛び交うヘリコプターを見上げながら、車で一夜を明かした。

翌日は、後に「前震」とされた地震で被害を受けた自宅の片付けを、家族全員で頑張った。「また明日がんばろう」と、サイダーで乾杯した後、午後8時には眠りに就いた。

ようやく寝ついた16日午前1時25分。「本震」の揺れだった。夫の「智香ー、起きろー」という声で目が覚めた。ベッド3台を並べて4人で寝ていたが、ベッドがまるでいかだのように畳の上を左右に流されていた。「これは悪夢だ！　こんなことになるなんて。2階が落ちてくるまで揺れ続けるのだ！　こんな最期だったなんて」

収まりそうにない揺れ。傍らでおびえる長男に覆いかぶさる。心臓の鼓動が伝わってくる。「天井が落ちた時に、ベッドとベッドの隙間に入ったら当たらないかな」。地獄の数分間を耐え抜いた。

真っ暗な中、玄関の外の方から「大丈夫ですかー、出られますかー」。男性の声で正気になり、慌てて玄関へ向かい鍵を外したが、家が傾いているせいか開かなかった。「玄関開かないです」、「庭に回りましょうか」。幸い、南側の庭に面したサッシだけ開いて無事に家から脱出させてもらった。

その方はお向かいの家の同年代のご主人で、奥さんが「助けてあげて」と声をかけてくれたことが分かり、感謝でいっぱいの気持ちだった。私たちは道向かいの空き地へ、着の身着のまま逃げ出した。近所の4家族が余震を耐え、毛布やレジャーシートの上に身を寄せ合い、夜明けを待った。少しだけ怖さが紛れた子供たちも安心して、持ち出した布団に包まれて眠った。

あの時、自分だけならどんなに不安だっただろう。この「おかげさまの日常」を、家族や地域の方々と共に感謝し合い、日頃から心が通うことこそが大事なことだと思った。もし、あの本震直後に助けていただいた行動を、私が逆の立場だとしたら、実行できるのだろうか。

今後、新たな災害に直面した時は、あの日のことを思い出し、家族や地域の方々と共に、助け合って生きていきたい！

（29・12・19付）

ごみ置き場に笑顔の花咲く

渡辺　聖子さん（53歳）──主婦・熊本市東区

本震の翌日、私が真っ先に向かったのは隣保のごみ置き場だった。瓦、家具などや生ごみが道路にまではみ出ていた。このままでは大変なことになる。私は意を決してごみの分別、整理と清掃をすることにした。

わが家もガラスや家具が散乱していたが、余震が続く中で片付けをする気にはなれなかった。車中泊をしていたので日の出とともに目が覚めると、長靴、軍手に掃除道具を持ち、いざ出陣。ごみを一つ一つ調べ、ガラスや瓦は丈夫な袋に入れ替えた。根気のいる作業で、3時間以上かかることもたびたびあった。

災害ごみとほかのごみを分ける仕切り板や注意書きの看板は、ごみの山から適当なものを拾い出し即席で作った。手作り看板も日に日に増えていった。ごみを捨てに来た人たちは「きれいにしてくれてありがとう」と笑顔で帰っていく。遠方から応援に駆け付けた収集車の職員も、「ここが一番きれいにしてあり、助かります」と笑顔で作業されていた。ほかの場所は、作業するのに30分以上もかかり、はかどらないということだった。

区役所にも何度か足を運び、ごみ分別周知のための提案をしたが、対策は取られなかった。物資や住居など最優先だが、ごみ問題を置き去りにしてほしくはなかった。

本震の翌日から、雨の日も休むことなくごみ置き場の掃除は1カ月続けた。時には生ごみの汁を頭からかぶり、ガラスで手を切り、瓦が頭を直撃したこともあった。そんな時でも笑顔を忘れず作業を続けた。けがをした時には家族から止められたが、「みんなが悲しんでいる時だからこそ、みんなの笑顔が見たい」という一心で続けた。

ごみ置き場で談笑する時間も増えていった。毎日ごみ置き場をピカピカにすることで、隣保の人たちを少しでも笑顔にすることができたと思うと、それだけで苦労が報われた気がする。わが家の記録写真の中に、すのこやオードブル皿で作られた看板があり、見るたびに苦笑いしている。

一人の市民の切実な訴えは行政には届かなかったが、この私の思いが誰かに伝わり、共感してもらえたら幸いである。ごみ置き場の横を通るたびに、隣保の人たちや遠方からも応援収集に来てもらった職員たちの笑顔が浮かんでくる。地震で失ったものも数多くあるが、私の心には、「みんなの笑顔と何か温かいもの」が残った。

（29・12・24付）

二つのふるさと

緒方　和子さん（64歳）──主婦・益城町

ちょうどいい田舎、野の花の町、益城。第二のふるさと、大津町。退職後は懐かしい二つのふるさとを行き来し、ゆったりとした〝人生じまい〟が続くはずだった。

毎年3月になると、益城町を流れる秋津川の土手にはかれんな野の花が思い出したように咲き始める。鉄砂川は、それはそれは美しい菜の花で埋め尽くされる。昨年、地震の1カ月前は、いつもより見事すぎる菜の花の流れに何度もシャッターを切ったものだった。

亡き母の植えたダリアや梅の花が「私はここにいるよ」と教えてくれるように咲く、大津の家。昔ながらの村の祭り。山の神、川の神の祭り。先祖祭り。そして岩戸神社の祭り。折々の祭りの酒盛りが、村の古き良きつながりを育み続けていたのに…。

身体の続く限り、大好きなふるさと通いを続けようと、大津の家はリフォームしたばかり。日頃住めなくとも、亡き父母やご先祖さまがきっと今夜あたりひな祭りをしてるんだろうなどと思い浮かべつつ、毎年おひなさまを飾っていた。自給自足のスタートということで、見よう見まねでタマネギなども育てていたものだ。

オドリコソウや菜の花が咲いていていた益城の河原に、今年は黒い大きな土のうが延々と立ち並ぶ。益城の母の家は既に解体。実家の南方に傾きもせずに立っているのに地盤沈下で住めないわが家も、今年中には解体。その上、大津の家も大規模半壊で解体予定。当然、今までの懐かしい暮らしも続けられるはずがない。

主人は、大事な決断をしようとしている。けれど、私が時々要らぬことを言い出すので主人をイライラさせているようだ。「もう言わないから、思うようにやっていいよ」。先日、そう告げた。

地震から1年近くになり、周りを見回す余裕が出てきた頃から、心に流れる涙を感じている。大好きなのに守れなくなっている懐かしい大津の家。懐かしい周りとのつながり。孫の成長を喜び、支えてくれた父母との思い出…。

この家がなくなった後、心にぽっかり空いてしまいそうな大きな穴に、涙の代わりに新しいつながりの芽を育てていくしかない。そう分かっているのに、「なんでー…」と、また要らぬことを言い出しそうな私がいる。

（30・1・7付）

散乱した遺骨に思う

杉野　桂子さん（75歳）——無職・合志市

熊本で巨大地震が発生するなんて夢想だにしなかった。それも震度7、震度6強と2回もの激震に襲われ、相次ぐ余震に生きた心地がしなかった。テレビに刻々と映し出される被災状況に、現実に起きていることとは信じられなかった。熊本城の瓦が崩れ落ち、崩落した阿蘇大橋、益城町や西原村、南阿蘇村の家屋の倒壊など、あまりの惨状に息をのんだ。

家を失い、家族を失い、避難所で、車の中で眠れぬ夜を過ごした人たちの疲れ果てた姿は痛々しかった。仮設住宅で暮らしたり、慣れない土地に移転したりして地域との絆が絶たれてしまった人々にかける言葉が見つからない。今なお、多くの家々がブルーシートに覆われて、再建のめどさえ立っていない現状に、当事者ならずとも歯がみする日々である。

幸いに、私が暮らす国立ハンセン病療養所・菊池恵楓園では人的被害や建物倒壊などの大きな被害もなく、壁や天井・照明の落下など小規模な被害で済んだ。しかし、宗教施設である黎明《れいめい》教会や仏立講堂が倒壊の恐れで使用禁止となり、今なお立ち入り禁止である。

黎明教会は回春病院のリデル女史の伝道につながる歴史があり、1952（昭和27）年に礼拝堂献堂式が行われた由緒ある建物である。仏立講堂とともに建物の解体が施設の計画に入り、また一つ恵楓園の歴史的建造物が消えることになった。信者でなくとも寂しさが募る。

そして、何よりも心を痛めたのは納骨堂の骨つぼが一部落下・破損し、お骨が散乱したことだった。園創立以来、３７４８名の入所者が亡くなっているが、１３０８名の遺骨が誰にも引き取られず、故郷に帰ることなく納骨堂に眠っている。骨つぼから散乱したお骨は、誰のものかも分からなくなり、拾い集めて大きな骨つぼにまとめて納められたのである。

納骨堂は、ハンセン病隔離政策の負の歴史的建造物として残すことになっているが、帰りたくても帰れなかったみ霊があの地震の瞬間、「私はここにいるよ」と故郷に向かって叫んだのかも知れない。

一般社会でも多くの墓地が被災し、墓石も倒壊したまま放置されているという。納骨堂の落下・破損した骨つぼを思うにつけ、私も夫も、生まれ故郷がどれほどの被害を受け、両親の墓がどうなっているのか、見に行くこともかなわずにもんもんとした日々を送っている。いつの日か、両親の墓参りができるのを願っている。

阪神・淡路大震災や東日本大震災も、「あれから〇〇年」とその日だけはメディアで取り上げるが、遠い日の出来事として忘れられつつある。「支えあおう熊本――いま心ひとつに」とか「負けんばい、熊本！」をスローガンに復興の兆しが見えはじめているが、それも全国の人々の支援あってこそである。

「災害は忘れた頃にやって来る」という。どこで巨大地震が発生するか分からない、地震列島の日本である。官民挙げて防災意識を高め、何より被災者に寄り添った政治を望むものである。

（30・1・9付）

前向き、前向き！

松尾　美優さん（13歳）——県立宇土中1年・宇土市

大きな音とともに、体験したことのないあの揺れ。物がガシャン、ガシャンと壊れていく音。楽しかったはずのあの日は忘れることのない苦い思い出に変わってしまった。

4月14日。妹の誕生日だ。食卓には、わが家の人気メニュー、ハンバーグが並んでいる。私はこの家の長女。父と母、弟と妹、それに私の5人家族だ。

妹はこの日で5歳。そして、みんなが楽しみにしていた誕生日ケーキ。母と弟、私はふんわりと香るラズベリー系のケーキ、父と妹は、ちょこんと乗っかった栗をベースにしたモンブラン。どちらからも甘い香りがした。それを食べようとした、その時だ。感じたことのない何かを感じた。

「ドドドド…。ガタガタ…。ドドドドンドン」

聞いたことのないような音と、衝撃が私の体を襲った。

「きゃー。お母さん、お母さぁん」。絶叫マシンに乗った時のような大声で、弟と妹は泣き叫んでいた。

2日後には念願の県外の遊園地にみんなで行く予定だった。久しぶりの家族旅行ということもあり、日帰りだがとても楽しみにしていた。もうすべてがめちゃくちゃだと思った。「死んでしまうのではないか」とも考えた。津波が来るとも思った。いつも見ているニュース番組だって信じられなかった。くずれてしまった家。そして避難する人々。これは何なのか、と思わず目を疑ってしまった。

「楽しい日で終わるはずだったのにね」。ポツリと言った妹の頬には、うっすらと涙が見えた。だが、そんなことを言っている間にも、倒れてしまいそうな地震が起きていた。

そして4月16日。追いうちをかけるように、またあの大きな地震が熊本を襲った。もう何もかもがめちゃくちゃになった熊本は、すっかり静まり返っていた。

もうすぐ、あれから1年。妹の誕生日がめぐってくる。あの時は未来のことなんか考えていなかった。でも、今はつらいこと、悲しいことがあっても、あきらめず、前を向こうと思っている。

だってそれは、たくさんの人に応援されていることを知ったから。前を向くことが大切なことだと知ったから。だから、これからもどんな時だってしっかり前を向いて、感謝の気持ちを忘れずに、がんばっていこう。

「これからも、がんばろう熊本」

（30・1・14付）

そのとき、東京で

田中　暁美さん（52歳）——コピーライター・東京都

2階の部屋でメールチェックをしていると、階下から夫の大きな声が聞こえる。「おい、熊本が大変なことになってる」。何のことだかわからないまま下りて行くと、熊本で大きな地震が起きたことをニュースが映し出していた。

上京して数十年の私と夫。同じ地元、熊本の映像に「うそ。何で」としか言えず、ぼうぜんと、だけど食い入るようにテレビを見ていた。とにかく、熊本に暮らす家族に連絡を入れて無事の確認を取る。電話中、何度も「あっ、また揺れた。怖い」と言う声。何か手助けしたいけれど、何もできず、つらかった。

ゴールデンウイークに、やっと帰省できることになり羽田空港へ。空港の中の大きなモニターには熊本地震のニュースが流れ続けていた。いま、熊本行きの飛行機に乗り込む人って、みんな地元の人なんだろうなぁ。どのあたりの人だろう。家は大丈夫だったんだろうか。ぼんやり考えながらシートに座った。

羽田から2時間弱。熊本空港へ降下が始まると、窓から見えるのはいつもの景色ではなかった。壊れた家々、ブルーシートの波、そして避難場所らしきところに集まっているたくさんの人たち、延々と並んでいる車。機内の小さな窓をみんなが必死にのぞき込む。しばらくすると、周りからすすり泣きの声が聞こえ始め、私も涙が出てきた。

到着した熊本空港は壁にひびが入り、黄色いテープがあちこちに貼られていた。この前、新しくなったばっかりだったのに。きれいで便利になったって、みんなが自慢していたのに。

迎えに来た妹が運転する車で、実家へと向かう。住所は熊本市の沼山津。震源だった益城とは隣り合わせ。たどり着くまでに見た、倒壊したいくつもの家、ブルーシートで覆われた屋根、割れてでこぼこの地面。到着するとそこには、傾いて、今にも倒れてしまいそうな実家があった。

上京した私のことを、「東京は地震が多いけん気をつけんと」と心配していた両親。まさか熊本でこんな大きな地震が起きるなんて。住んでいる人も外の人も、みんなそう思ったはずの地震。

大きな地震が起こると言われ続けていた東京での暮らし。家具には突っ張り棒、水や食料の備蓄など、常に頭の片隅に地震を意識して生活をしていた。熊本に帰省するたびに「高い家具は危ないけん、突っ張り棒とかしたほうがいいよ」と両親に言っていたが、「この辺りは大丈夫だろう」という返事。もっと強く言えばよかった。いや、自分が動いて、対策をとればよかった。全壊した家の、落ちた瓦を拾いながら、まだ現実とは思えない景色の中で思い続けていた。

（30・1・21付）

苦難を乗り越える力

野田　哲也さん（89歳）――無職・熊本市北区

先日熊本城マラソンが無事開催され、熊本が大いに盛り上がった。優勝した選手がインタビューで「沿道からたくさんの声援をもらい、それがとても励みになりました」と言っているのを聞いて、本当に応援や支えというのは大きな力を生み出すものだと改めて感じた。

去年の熊本地震以降、人が苦しみから立ち上がったり、困難に打ち勝つときに、精神的な支えや励ましがどれほど大きいかを身をもって体験したからである。家族も全員無事で、家にあちこちひびが入りはしたが、倒れることもなく住むことができたのは幸せなことだと思う。

10日間ほど水が出ず、ガスも使えない不便な生活ではあったが、やがて復旧し日常生活も戻ってきた。生活面では地震前とほぼ変わらない日常を取り戻した。それにもかかわらず、いつ終わるか分からない余震が続き、もしかしたらまた本震が来るのではないかという恐怖で、精神面でなかなか立ち直ることができないでいた。

地震がない時でも揺れているような感じが常にあり、体調を崩してしまった。病院に行くと、ストレスによる過敏性腸症候群だと診断された。処方された整腸剤で体調は回復した。何より、先生や看護師さんたちにゆっくり話を聞いてもらい、「本当に怖い思いをしましたね」と優しく言われたことで、どれほど不安が和らいだことだろう。しかし、その先生や看護師さんたちも私と同じように、あの巨大地震を体験した被災者なのだ。

思えば、その日の朝もちゃんと新聞が届けられており、あの地震のさなかに記事を書いたり、新聞を届けた人たちがいるのだと思うと勇気づけられた。テレビをつけるとヘルメット姿で情報を伝えてくれるアナウンサーがいる。自分も被災しながら、もっと大変な人たちの手伝いをしたいと、ボランティアの若者たちが撤去作業などをしている記事も多く目にした。同じ恐怖と苦難を味わった熊本県民がみんなで頑張っていく姿は、私自身の大きな支えとなった。

全国からもボランティアの人たちや芸能人や著名人、スポーツ選手などが熊本を応援しにやってきてくれたり寄付をしてくれたりした。生活の不便さを解消するだけでなく、こういう精神面での励ましは熊本のみんなを元気づけたと思う。

熊本城でのねぶた祭、オペラコンサート、ディズニーのパレード、数々のライブやイベントなど、自分自身が参加しなくても、参加した人たちの笑顔を見るだけで、熊本が復興していくのを体感し喜びを感じたものだ。

まだまだ残された課題も多いと思うが、改めてこの地震で熊本県民の強さと絆を感じた。熊本県民であることを誇りに思う。

（30・1・26付）

4人の天使

向井　ゆき子さん（65歳）――主婦・熊本市中央区

熊本地震から1カ月余。5月も残り少なくなった真夏を思わせる日曜日、災害ボランティアの4人の若者がやって来た。

私は4月16日の本震の時、避難した白川公園のベンチで夜を明かした。さらに4日間の車中泊、娘のマンション2階での18日間の避難生活を送り、ようやくビル4階の自宅に帰ってきたのである。

余震の合間をみて、倒れたたんす、移動したピアノなどは知り合いの業者に元に戻してもらっていた。だがそのほかは手付かずの状態で、1人暮らしの私は途方にくれた。冷蔵庫の再稼働、寝る場所の確保、落ちた蛍光灯の復旧など、作業は限りなく続く。ついには目や耳に異常が現れ寝込んでしまった。それでも、少しずつ休み休み頑張った。

どうにか元の生活ができるようには整った。しかし、1カ所どうしても気になる。つっかい棒をしていても倒れたたんすである。夜、寝ている場所のふすま越しに置いている。向こう側に倒れたから助かったものの、危なかった。怖いので移動したい。しかし、9カ月の腹を抱えている娘に重い物は無理だ。旦那さんと私の2人でも無理だろう。思案したあげくボランティアにお願いした。

「こんにちは」。彼らは花畑広場からやって来た。男性3人と女性1人の若者4人、何と頼もしいことか。長靴履きの男性もいた。今朝から急きょチームになったという彼らは、協力してあの重い和だんすを別の部屋に移してくれた。壊れた小さなたんす、テレビ台などは、エレベーターがないので階段で1階の収集場所まで運び出してくれた。

飲料水は「手持ちがある」と断られたが、せめての感謝の気持ちとお茶を飲んでもらった。「どちらから来たのですか?」。20歳すぎくらいの女性に尋ねた。「福岡です。実家が天草で、少しでも熊本の方々のためになりたかったから」。朝早いJRで来たそうだ。

30歳前くらいの一番年長と思われる男性は「水前寺です。被災した自宅が片付いたので」。「あちら方面も大変だったでしょうに。ありがとうね」

学生さんかなと思った男性は「名古屋です」。会社の休みに来てくれていた。

4人目の若者は「大分からです」と言った。「大分も被害がひどかったでしょう?」。「自分の所は大したことなかったから」

皆さん社会人で、仕事の休みに来てくれていたのだ。彼らの額に光る汗を見ながら、感謝の気持ちで胸が熱くなり涙がでた。4人の天使は私の心も救って去っていった。

(30・1・28付)

熊本城と共に

野田　浩生さん（53歳）──会社員・熊本市北区

熊本城三の丸駐車場になっている場所には、公務員宿舎があった。その宿舎に中学生の時まで住んでいた私は、幼い頃から熊本城を見て育った。遊び場は熊本城二の丸広場であり、素晴らしい曲線を描く石垣、そしてその上にそびえたつ美しい天守はいつも当たり前のように私の目の前にあった。

引っ越してからも通学途中や街に遊びに出る時、必ず熊本城を目にしたものだ。大学を卒業し、東京へ出てからは帰省するたびに熊本城へ足を運んだ。近年は年間パスポートを購入し、たびたび訪れていた。

熊本地震が熊本を襲った時、実家の家族や家、友達、知人の無事が分かって、まずはホッとしたのだが、テレビに映し出された熊本城の傷ついた痛々しい姿に、大きなショックを受けたことを今も鮮明に覚えている。

４月下旬に帰省し、熊本城への立ち入りが一部認められるとすぐに出掛けた。テレビや写真などで何度も見ていたが、実際に変わり果てた熊本城の姿を目にすると言葉を失ってしまった。大勢の人たちが心配して駆け付けていたが、やはり同じように衝撃を受けていたようだった。

自分たちも被災し、大変な中、こうして熊本城に集まる人たちを見て改めて熊本城は県民の心のよりどころだったのだと感じた。いや、熊本県民だけではない。他県の多くの友達も「熊本城は行ったことがある。思い出がある。早く復興してもらいたい」といったような言葉をかけてくれた。テレビなどでも全国の人たちがこの姿を見て悲しみ、そして熊本城のTシャツなどを買って応援してくれているのが分かった。

地震後は2カ月に一度は帰省したのだが、その度に熊本城へ行ってみた。そうしているうちにだんだん巨大地震に耐えてこうして傷つきながらも立っている熊本城の姿が頼もしく力強く、むしろ地震前よりも美しさを増してきたように感じた。

「熊本城が復興するまで生きていたい」と力強く話すお年寄りの人たちもいる。熊本城が大きく被災したことはもちろん悲しいことだが、同時に、だからこそ熊本県民に大きな力を与えてくれているのだと思う。「一緒に頑張ろう！」という力強いメッセージを送ってくれているのではないかと思えるのだ。

そして、私たちと共に傷つき、私たちと共にこれから復興していくのだと思うと、やはり熊本城は私たちの心のよりどころなのだと感じずにはいられない。

まだまだ、すべての人たちが完全に日常を取り戻すには長い道のりが待っていると思う。しかし、至る所に書かれている「がんばろう！熊本」を合言葉に必ず熊本は復興すると信じている。

（30・2・4付）

明日はきっと

河端　七美さん（10歳）— 大江小4年・熊本市中央区

ゆれる

ゆれる　ゆれる
わたしが　ゆれる
ゆれる　ゆれる
つくえが　ゆれる
ゆれる　ゆれる
家がゆれる
ゆれる　ゆれる
大地が　ゆれる
ゆれる　ゆれる
みんなの心
ゆれる　ゆれる　ゆれる

ほしひとつ

あたりはまっくら
くらやみの中
じめんから音がする
みんなであつまって
見た夜空《よぞら》
ほしが光っている
わたしの心にも
星ひとつ

水

水が出ない
水がない
ごはんも
おふろも
トイレも
できない
水　水　水
水が出ない

明日はきっと

くるしいとき
たすけてくれる
人がいた
かなしいとき
元気をくれる
えがお
いまはきつい
いまはつらい
だけど
前をむこう
明日はきっと
えがおが
いっぱいだから

（30・2・10付）

復興見られなかった夫

宮本　儀子《よしこ》さん（51歳）──主婦・熊本市南区

災害で体育館などに避難し、水や食料の配布に並んでいる人たちをテレビで見た時、「大変だな、お気の毒に」と思いながら、自分が災害に遭ったら食事や物資の運搬、掃除、また老人・子供・体の不自由な方へのお手伝いをしようと思っていました。実際に被災した時、夫は抗がん剤治療の副作用により肺炎を起こして熱があり、痛み止めの薬の影響で食事も取れずにいました。

前震の時、夫はベッドに横になって休んでいました。私たちが夕食を終え、テレビを見ていたところに地震が起きました。物などは落ちてしまいましたが、生活に不便はなく、片付けは翌日に回してその日は寝ました。ホッとした気持ちからか「大地震ってこんなものか、大したことないな」と思ってしまい、まさかその後本震が来るとは思っていませんでした。

翌日、片付けを完璧に終わらせ、家族は眠りにつきました。もう前震より大きな地震は来ないと思い、安心して眠っていると、ドーン。「エッ何？　地球が爆発した」と思うくらい前震とは全く違っていて、電気が消えてからは「これは大変なことになった。死ぬのかな」と恐怖が襲って来ました。夫は体がつらいはずなのに私の体に覆いかぶさり守ってくれました。

ライフラインは止まり、家具は倒れ、食器は散乱し、足の踏み場がなくなっていましたが、ベッドは無事で横になることができ、夫は休んでいました。しかし、余震が次から次へと起きるので逃げないと危ないと思いました。夫は体がつらく「ここにいる」と言ったのですが、私たち家族も家が倒れると助けられないし、死ぬかもしれないと説得し、食料をかき集めて避難場所へ。

5分とかからない所なのに車は渋滞で動かず、道路は液状化で砂や水でグチャグチャになり、体育館も大勢の人であふれていました。水が出ないためトイレは流れず、手も洗えません。夫は抗がん剤治療中で免疫力が低下し、感染が命取りになるので車の中で過ごしていました。

夫を人混みの中には居させられず、車の中では体を伸ばせないので、家族で家を片付けて生活の場をつくりました。水・食料の確保のため、開いているお店の情報をご近所同士で交換しました。

私は災害時にお手伝いをすることができませんでした。まさか災害時に病人を抱えているとは考えもしませんでした。障害者・老人・子供がいる家庭は大変だと思います。そういう人たちへの災害支援や、ご近所同士のつながりが大切な課題になると思いました。

夫は、復興していく熊本を見ることができませんでした。これから私にできることがあればお手伝いしたいと思っています。

(30・2・11付)

ふるさとの人々と共に

宮﨑　明子さん（62歳）――主婦・八代市

熊本地震から1年がたとうとしている。私にとってのこの1年は、宇城市小川町の実家の補修をめぐるものだった。

西南の役の頃に上棟し現在に至る私の実家は、母が1人で住んでいたが、大規模半壊となった上、その後の揺れで少しずつ傷んでいた。解体も考えたが、建築家の先生から「ぜひ残してほしい」と熱心に勧められ、補修することを決めた。

先生たちは補修に必要な補助金探しや手続きをやってくださった。小川の町並み保存も考慮に入れてのことだ。公費解体が少しずつ進む中、古民家の重要性が語られ始めたのだ。

補修は県のグループ補助金や応急修理制度、生活再建支援制度を申請し、できるだけ負担を軽くしたいと考えた。80歳を過ぎた母が大好きな場所に住めるように、とにかく補修は必要なのだ。

このグループ補助金の申請のために、小川町の人たちが集まる機会が数回あった。いろいろな専門家の先生の講演を聞いたり、各民家を訪問したりして、私も古民家のことを少し理解できるようになった。

私は母の代理で参加するたび、小川町の人たちの頑張りに驚くばかりだった。特に、小川町商店街の旧商家を修復した交流施設「風の館・塩屋」は地域おこしの中核として、観光資源の少ない同町でイベントが企画・実施されてきた。地震の被害を受け、天井や白壁が破損したが、復興資金を集めるため「れんこん万十」販売に力を入れている。これも、私の母と同じ年ごろの先輩たちの頑張りである。甘い物好きな私は「ここのれんこん万十は絶品です」と、あちらこちらへ届けている。

さらに驚いたのは、小川町の人たちが休みの日に阿蘇を訪問し「少しでも阿蘇神社の復興を支援したい」と言っていたことだ。被害の出ている小川町の人たちが阿蘇を心配している。比較的被害の少なかった八代市に住んでいる私も「何ができるのか」考え、小川町の復興のために私がやれることを協力しようと心に決めた。

しかし、何ができるのか。まずは実家の補修。そして町並みを保存し、できれば文化財の登録を受けられるようにすることだろう。そのためにも歴史的建造物に関する勉強や、いろいろな方面への働きかけも必要で、先は見えにくいが、地道に挑戦していこうと思っている。

宇城市でも、地震後の問題は想像を何倍も超えていると思う。ところが、県や市から忘れられているのではと思う時があるのも事実だ。行政はできる、できないにかかわらず被災者の要望に耳を傾けてほしい。

町並みの再建は、今後の小川町の地域おこしに必要なものだ。どこにどのような支援が必要か、聞き取り調査は欠かせないだろう。塩屋のおばちゃんたちの頑張りに、県も市も応えてほしいものである。

（30・2・16付）

今日からあしたへ

西原　多美子さん（64歳）―調理師・益城町

1月5日。私たち夫婦は益城町広崎の元の場所に家を建て替えて戻って来ました。264日ぶりの帰宅です。4カ月間は熊本市の長男の家で世話に。その後、みなし仮設に4カ月ほど住まわせていただきました。

前震と本震の夜は、近くの駐車場で近所の皆さんと毛布にくるまりながら朝を待ちました。余震の度に近所の瓦が落ちて割れる音や、ガスの臭いがしました。朝までの時間が長かったことを覚えています。上空にヘリが何機も飛び交い、「よーく、ぶつからんね」と思っていました。

4月14日の前震で家財は倒れましたが、建物は何とか持ちこたえてくれました。その時は「地震はこれで終わりだ」と高をくくって、その後の本震なんて思いもしませんでした。翌日、阿蘇や大分から親戚が家財の片付けに来てくれ、夕方には帰って行きました。

16日未明、家が大きく揺れだしました。私ははだしで飛び出そうとしましたが、玄関のドアが開かず、何度もドアを押して外に出ました。この世のものとは思えない風景が広がっていました。地面から土煙が立ち上り、庭のすべてのものが割れて転がっていました。

日頃からバッグとサンダルを手の届く所に置いていましたが、それすら取れず、逃げるだけで精いっぱいでした。誰かが敷いてくれていたシートに座り、地震がおさまったら取りに行こうと思いましたが、足がすくみ動けませんでした。

やっとの思いで、手さぐりで家の中へ。電気はともっていたものの、たんすや食器棚などはひっくり返り、その上にガラス戸が折り重なって倒れていて、まるで爆弾にでもやられたかのようでした。バッグは取り出せず携帯もなくて心配でしたが、長男が飛んで来てくれ安心できました。

駐車場で避難していると、誰かが「毛布がないなら主人の使っていいよ」、「少しおじん臭いけどねー」。それでちょっとした笑いが起きました。

次々と起こる余震。座っていると、お尻に地面の震動が伝わり恐怖でした。車の中にいても車が船のように揺れてこれも恐怖でした。瓦が屋根から落ちてカーポートを突き破って車のそばへ。危ないので車を移動させました。

わが家は建物が土台からずれ、壁が壊れてしまい全壊認定を受けました。避難生活をしていてもわが家が気になりました。しかし、体が地震を覚えているのでしょうか、家には入れませんでした。それでも家に入り割れた鉢など片付けました。

2回の大地震で家財の大半はなくしましたが、3人の子供たちの幼い頃のアルバムや、子どもが書いた絵や作った作品などは手元に残りました。しかし、築18年のわが家は残せませんでした。わが家も泣いているようでした。

（30・2・18付）

あの日、90歳の母と2人で

合志　美和子さん（66歳）――無職・熊本市東区

虫の知らせか。今までに考えたこともなかった地震保険に数カ月前に加入した。この家に住んで50年近くなるからだった。4月1日には、足の悪い母を連れ、何年ぶりか、熊本城に花見にも行った。

その後、突然地震が来た。入浴中だった。髪を洗っていると、大きな横揺れが来て、床の上をあちらこちらすべった。「これは被害が大きい」と思った。揺れが収まると湯船に頭をざぶんと漬け、シャンプーを落とすと衣類を着け、タオルを被って浴室を出た。

母はすでに部屋の外に出てうろうろしていた。「何だろかね」と地震の記憶がない。ラジオを持って母と2人、家の前の駐車場へ避難する。お隣の住人も慌てて家を出て来た。母が「地震は揺り返しに注意」とよく言っていたが、その「揺り返し」がどれなのか、余震が多くて分からない。落ち着くと、家に入りベッドまわりを片付けぐったりと寝込んでしまった。

翌日、母は起きて来るなり「誰がこんなことしたんだろうか」と、割れた食器の山を見て言った。私が「地震よ」と言うと、不思議な顔をした。一日中、倒れた本棚の整理や割れたガラスの処理に追われ、午後10時に就寝した。

寝入ってすぐ、また地震だ。時計を見ると午前1時26分。ベッドの上に座ると前後から揺れが来る。

前から鏡台とミシンが迫ってくる。出口の確保をしながら、懐中電灯を探す。停電だ。地震が収まるとすぐ服を持って階下へ降りる。母は部屋の前で「何だろか」とうろうろする。母の部屋は家具が倒れることもなく被害がなかった。20年前、亡父が地震を案じ、耐震器具で天井と家具を固定していたからだ。格好悪いと思っていたが、今、父に助けられたことに感謝するばかりだ。とりあえずラジオと毛布を車に積み駐車場で車中泊をした。周囲の屋根から瓦がガラガラ落ちてくる。怖い。

わが家の被害状況は煉瓦《れんが》が10㍍ほど崩れ、雨漏りで2階の天井に大きなしみができた。1階にはきしみによるひびも数カ所あった。2基ある墓は幸い無傷だった。

今、地震の備えについて思うことは、生活の中での備えだ。2、3日は冷蔵庫の中身と保温中のご飯、買ったばかりの漬物で過ごした。ガス、水などの不自由はあったものの、風呂の残り湯はトイレに役立った。保存していた水は飲料、洗面その他に役に立った。父のように家具を固定するのも大きな備えだ。

3カ月後、益城町を訪れた。トラックが頻繁に走る。割れたガタガタ道にも慣れた。灼熱《しゃくねつ》の太陽が照りつけるなか、壊れた家の庭で、百日紅《さるすべり》の花が何事もなかったかのように美しく咲いている。

ピンクの花房をゆらゆら揺らし、優しく語り掛けるように咲く百日紅に母とともに癒やされた。母の心があまり傷ついていなかったことが救いだった。この地震とともに、傷ついた私の心を癒やしてくれた百日紅の花はいつまでも心に残るだろう。

（30・2・25付）

ただ泣くばかり

福田　真弓さん（60歳）—看護師・熊本市南区

あの日、突然の大地震で今まで生活していた場所から離れざるを得ない状況に。ただ、泣きました。

夕飯を済ませ、主人と愛猫ミィと部屋でくつろいでいたら「ゴォー」と音がして、ミシミシ大揺れ。たんすの上4段が倒れて、とっさに避けました。これはいつもと違う。ただ事ではない！

ミィは驚いて、止めるのも振り切って部屋から出て行きました。その姿が最後でした。捨て猫で、室内飼いの8年間、家族の一員として皆を癒やしてくれました。捜しましたが、何の手掛かりもなく1年を迎えます。

義母の所へ確認に行くと、食器棚から落ちた割れ物で足の踏み場もなし。大阪のめいから電話で「運動靴に履きかえて！」との声。一晩中片付け、夜が明けると何となく仕事に行き、帰って落ち着かない夕飯。

「今夜も太かとの来るかもしれん。裏の公園に逃げとこう」との主人の言葉に、慌てて毛布と食べ物、電池、ラジオを持ち、大人4人と愛犬が車3台で避難。公園のトイレの前に止めると、誰もいない！「良かタイ、今夜は私たちだけでもいいよう」と言って、昨夜眠っていないので皆眠りについていました。「ゴォー」と地鳴り、地響き。「来たバイ」と言って必死で車につかまっていると、まるで波の上。ひっくり返るかと思うほどでした。周囲は避難の車ですぐ満杯になりました。暗闇の中、数機のヘリコプターの爆音。異様な雰囲気。メールでお互い「怖い」とやりとり。大変なことになっていました。

夜が明け、主人は自宅を見に行って「わが家には帰れんバイ！」と言います。確かめに行くと、母屋は玄関が落ちて中は住める状態ではなくなっていました。納屋は私の車が大きな柱を支えて田植え機、コンバインを守ってくれました。その他の農機具は全部つぶれ、ただ泣くばかり。

車中泊生活が始まり、88歳の義母を近所に預け仕事へ。1週間ほどして主人の職場から寮の部屋を提供してもらい、1間に4人で寝ました。息子の歯ぎしりを言ったら、逆に「お父さんお母さんのいびきで眠れんタイ」と言われました。

アパートを一日中探して見つけ、家賃を心配しながらも入居。その後、みなし仮設住宅となりました。他の入居者も被災者で、心が落ち着きました。自宅に愛犬を置いて、朝夕の散歩、夜のご飯に毎日行きました。「おやすみ！　また来るね。お留守番ね」と言葉を掛けて帰る時、私たちを見送る姿に後ろ髪引かれる思いでした。

自宅再建までいろいろあり過ぎました。夫婦げんか、気まずい部屋の空気、運動不足、孤独感。心砕けそうにもなりました。自宅に帰る目標に向かって4人と1匹で頑張りました。たくさんの方々に助けていただいていることへの感謝を忘れず、日々まい進していきたいと思います。

ミィちゃんがひょっこり帰って来ないかなぁと思いを寄せています。公園の横を通るとあの1年前の光景がそのまま浮かび、忘れられません。公園にも感謝しています。

（30・3・4付）

家族に支えられて

田﨑　悦子さん（59歳）――主婦・甲佐町

2016年3月13日、私たち夫婦に初孫が誕生した。新米パパ、ママ、嫁ぎ先の両親と共に新米祖父母も大喜び。娘と孫は産後の1カ月間を私たちの家で過ごした。1カ月後の4月13日、お宮参りを目前に、娘たちは自分たちの家に帰った。翌14日にあの大地震が起きた。

前震で、私たちの家は多くの家具や家財が倒れた。本震では家が傾き、床が壊れ全壊となった。すぐに、この大地震が昨日（13日）でなくてよかったと思った。たんすが倒れた部屋は、娘と孫が就寝や授乳をしていた場所だったからだ。1日違いで難を逃れた娘と孫が無事だったことは本当に幸運だった。ご先祖様や神様が見守ってくださったのだろうと感謝した。日明けの宮参りは、嫁ぎ先の長崎の実家で両親と無事に済ませた。

初孫の誕生で幸せだった生活は、地震で一変した。私は心身のバランスを崩し残念ながら仕事を辞めた。しかし、夫と息子は違った。未曽有の経験だから平常心ではなかっただろうが、過去には見たことがない、冷静で力強い一面を見た。

息子は、地震の時風呂場にいた私の安否を確認し「そのまま外に出て」と指示した。不気味な余震が続く恐怖の中、夫が家の中に入ろうとすると「ダメダメ、まだ危ない」と身を守ることが優先だと何度も諭した。延長コードやテレビ、ラジオ、ライトなどの必需品を手際よくそろえ、その日は駐車場で夜を過ごした。

夜が明けて、息子は夫と家財の片付けや処分に精を出した。愛車も自分の部屋も傷つき、深く落胆したと思うが、懸命に家財を搬出した。生まれたばかりのおいや姉を優しく気遣い、紙おむつや衛生用品を準備してくれた。社会人となり、周囲に配慮しながら非常時に行動を起こし、力を発揮できることに大人としての成長を感じた。

私を大切に守ってくれる夫の優しさにも、真の強さを感じた。地震発生から約1カ月会社を休み、家の片付けや災害ゴミの廃棄、罹災《りさい》に関する手続きや情報収集のため、数えきれないほど役場に通った。苦しい気持ちをどこかにぶつけたかったはずだが、冷たく振る舞うこともなかった。心身共に衰弱した私に「仕事は辞めても、母親と夫婦は辞めてくれるな。家事はできるときでいい」と言ってくれた。

夫が弱音を吐いたのは1回だけだった。それは車中泊と玄関での寝泊まりで、背中と腰が痛く畳の上で寝たいという簡単なことだった。しかし、当時はこの簡単なことがかなわなかった。約3カ月後に仮住まいができ、畳3畳の上に布団2組を敷いて眠ることができた。

今は夫をはじめ子供たちと初孫と、周囲の人たちに支えられて、ゆっくりと生活を取り戻している。

（30・3・6付）

地震が教えてくれたこと

森　絵里華さん（19歳）――平成音楽大1年・熊本市東区

高校3年の4月、私は熊本地震で被災した。目の前にある大学受験に向け、心を入れ替えようとしていた矢先のことであった。

今後の授業は、どうなるのだろうか。大学は、無事に受けられるのだろうか。さまざまなことが頭をよぎった。被災した自宅を見るたびに頭が真っ白になり、食事ものどを通らない日々が続いた。

そして、屋根瓦の応急処置のために毎日のように足を運んでくださった工事のおじさんに何もできないことが悔しかった。雨や風に打たれ、ブルーシートが破れるたびに屋根に上り、へとへとになりながらも、自宅の雨漏りを防いでくれて、感謝の思いでいっぱいだった。

後日、私なりに感謝の気持ちを伝えるため、おじさんを招き、自宅でピアノの演奏を聴いてもらった。幼い頃から習っているピアノで、恩返しをしようと考えたのだ。すると、思ってもいないような光景に出合った。それは、聴いていたおじさんや家族が笑顔になってくれたことだ。「あなたの演奏を聴いて元気が出た。復興に向けて頑張らなんね」。私はこの言葉を聞いて、恩返しができたことへの喜びとともに、音楽の力の素晴らしさに気付いた。

音楽は人を笑顔にし、人の心を支えてくれる。そして何より、言葉では伝えることのできない魔法の力を持っている。音楽の力を知り、今まで抱えていた不安が一気に解消され、前を向いて一歩を踏み出すきっかけを与えてくれた。

震度7の巨大地震を2度も経験し、今までにない悲しみに包まれる日々が続いた。昨年の七夕の短冊には、「家を元通りにしてください。熊本の町を元通りにしてください」という願い事を書くほど地震を恨んだりもした。

しかし、失ったもの以上に得たものは大きい。もし地震がなければ、私は音楽の力を知らずに過ごしたかもしれない。当たり前にある日常へのありがたさにも気付かずに生きたかもしれない。人と人との絆があることすら知らずに、生涯を終えたかもしれない。地震を乗り越えたからこそ成長した自分がここにいる。

地震から1年がたち、私は音楽の教員を目指し、大学に通う。あの日、教えられた音楽の力で、子どもたちの笑顔を増やすために。熊本を笑顔あふれる町にするために。がまだせ熊本！　負けんばい熊本！　感謝と希望を胸に、復興へ向けて、音楽の力を信じて、前へ、前へと一歩ずつ歩き出している。

（30・3・11付）

猫と一緒に車中泊

島田　美恵子さん（76歳）──主婦・八代市

あの4月14日のお昼は亡くなった義母の二十五回忌の法要を自宅で行い、兄弟や親戚が久しぶりに集まり、和やかな楽しい時間を過ごしました。法要が終わり、県外から来ていた弟から「無事に家に着いた」と電話があり、ホッとした瞬間の午後9時26分に最初の地震が襲いました。生まれて初めて感じる地震の強さに私は「家が壊れる」と叫んでいたようです。そして、気が付けばテーブルの下にいました。

2日後にまた2度目の大地震がありました。もう家の中にいるのさえ怖くて、夜は眠れず、いつでも逃げ出せる態勢で勝手口に座りました。毎日何百回もの地震があるので気が安まりません。そうこうしているうちに、近くの小学校の体育館とグラウンドが避難場所に開放されました。主人は、何日も眠れない私が頭がおかしくなるのではないか、と心配になったのでしょう。グラウンドでの車中泊に快く付き合ってくれました。

ところで、わが家には7年前に亡くなった娘が残した室内猫のライとイーヨがいます。地震にはとても敏感で、猫も私と同じように怖がるので一緒に車中泊を始めました。猫たちは初めのうちは落ち着かず、車内を跳んだりはねたりしていましたが、だんだん慣れてきて私たちが眠ると猫も車の隅っこで眠り、夜が明けると家に帰るという生活が1カ月続きました。

しかし5月の連休後、休校だった学校の授業が始まり、グラウンドは避難所として使えなくなりました。また、主人も随分疲れていました。私は家の中で眠れないので、猫たちと私だけで自宅の庭での車中泊を始めました。

その夜のことです。今まで静かにしていた猫たちの様子が変わったのです。車の窓越しに背伸びして自宅を眺めて鳴くのです。なかなか鳴きやまず、これは駄目だと思いました。きっと猫たちは、「自宅が目の前にあるのに、なぜ車中泊なのか」と思っていたのでしょう。

猫たちは7年前に東京から引っ越して来たのです。すっかりわが家を覚えていることに胸が「キュン」としたのを覚えています。結局、猫たちを家に入れ、主人と車中泊を続けました。1カ月余りも何も言わず主人は私に寄り添ってくれました。ただただ感謝です。

車中泊を卒業したのは6月中旬でした。それからは、熊日に記載されている熊本地震発生以降の地震回数を私は一覧表にしました。徐々に地震ゼロの日が多くなり、ひそかに喜んでいるところです。しかし自然の約束ですので、油断は禁物ですね。

（30・3・17付）

「地震」は不意に…

田上　美奈子さん（64歳）——主婦・熊本市東区

本当に不意に地震はやってきた。

前震の14日、本震の16日。14日は瓦が5、6枚割れて落ちたが近所の人とも「驚きましたね～」と半ば余裕のある会話を交わしながら家の周りを片づけた。

でも何となく〝胸騒ぎ〟。本震の時は寝室に寝ず、前年、38年ぶりにリフォームしたばかりのリビングに寝ることにした。それが幸いして、たんすや本棚が倒れガラスが飛び散った寝室の災難から免れることができた。もし、そこに寝ていたらと思うと今でもゾッとする。いつまでも地震が収まらず車の中の方が安全かもと駐車場に行くと、鬼瓦がカーポートを突き破って車の窓が割れていた。これまたすぐ外に出なくて良かったと胸をなで下ろした。

朝になって家の周りを見ると2階の瓦は、ほとんど落ちて1階の瓦を割り、世にも恐ろしい光景が目の前にあった。

家は住める状態ではなく、近くに住む娘の家に避難した。医療や教育関係の勤務で忙しい娘たちに代わり、休校や休園の孫の世話をしながら食べ物や水を探し求め〝無我夢中〟の日々だった。

「ばあちゃん、あそこも地震だね」「家がこわれちゃったね」。2歳と3歳の孫まで地震という言葉を覚えたことに胸を痛めながらも「大丈夫、大丈夫」。戦争でも起きたかと思える惨状の中、自分を奮い立たせながら孫の手を引く手にも力が入った。

毎日の余震におびえながらも孫たちに不安感を与えないよう冷静さを装い努めて明るく接した。近所のゴルフ場の井戸水をいただけるようになると、鍋で沸かしたお湯をたらいに入れて4人の孫の体を洗った。本当に気持ち良さそうにしていたのが忘れられない。小学生の孫とは今でもその時のことを話す。小さい子から順番に入り、洗面器の少しのお湯を最後にかけたこと、早く頭を洗いたかったこと、水も小さいコップに大事に分けて飲んだし…。日頃経験したことがない生活がそこにあった。

良いこともあった。大人も子どもも病気をしなかったのだ。緊張していたからだろう。

半壊のわが家もどうにか住めるようになり、孫たちも元気に登校、登園して、平穏な日々を取り戻しつつある。ただ、まだまだ大変な思いをしている人々がたくさんいることも忘れてはならない。そして、地震は不意に、どこにでもやってくると教えられたのが「熊本地震」だった。

（30・3・18付）

被災地から届いたもの

入部　一代さん（64歳）――元学校司書・天草市

夫は重機土木業に従事している。働きずくめで来たので、もう辞めて、2人で旅行でもしようかと考えていた矢先に熊本地震。技術があるのだから復興のために微力を尽くそうと、引き続き熊本の会社で働いている。

夫は昨年の夏、被災したお宅の解体作業に従事した。土曜日ごとに帰ってきては「家主さんがそこにいて、作業ば見とらすと。私も胸の詰まるばってん、家主さんはもっとつらかろうな…」と、体の疲れ以上の疲れを吐き出した。

数日後「盆栽の鉢ばもろうてきてよかろうか」と言った。「もらうんじゃなくて預かってきたら。落ち着かれたらお返ししますということで」と言うと、「もちろん、そぎゃん言うたったい。ばってん、もう気力はなかって言わすと。『この栄養剤ば根っこに差して、針金で枝ば巻いて』って、教えらした。そん時の顔はうれしそうじゃった」とのことだった。

こうして盆栽の鉢がわが家の庭に増えていった。枯れもせず見事な姿に、盆栽を趣味としていた家主の平穏な日々の暮らしや被災後の生活に思いを巡らせながら、手入れを続けている。今年の「植木市始まる」のニュースは、改めて日常をありがたいと思わせた。

比較的被害がなかった天草では、熊本の友人や知人に対して、申し訳なく、いたたまれない気持ちでいた。すぐにでも手伝いに動きたかったが、車の混雑を引き起こしてはいけないと考え、家でもんもんとしていた。被災地に届ける機会が来るかもと、混ぜご飯の具やマーマレードを作りためた。ある時は天草から住宅の被災状況調査に通う知人に、避難所に届くようにと絵本を託したりした。

私の仕事上の恩師である「先生」の消息を尋ねるために、ご家族に電話をかけたのは4月の終わりだった。先生は菊陽町のグループホームに入所していてご無事だったが、ご家族の住まいが全壊。急きょ、上熊本の先生のご自宅に住むことになり、荷物の整理の手伝いに通った。

先生のお宅は、図書館関係者が月に1回、サークル学習会を開くために集まっていた場所でもあった。先生が入所して以来7年ぶりの訪問。懐かしさを味わう暇もなく、本や衣類を運び出した。ご家族は古本屋やリサイクルショップに持ち込むと言われたが、先生が働いて買い込まれた洋服や本の数々を処分するに忍びなかった。

天草のわが家の一部屋に並べて広げ、司書仲間に連絡をして「好きなものを頂戴しよう」ということにした。北九州や人吉から来てくれた。現役で働いている人にはそんな時間もなかろうと、20人分を袋に詰めて届けた。また、全国の仲間のうち、先生を大切に思っている人たちに送った。

わが家には先生の文机と鏡台、籐《とう》椅子、数着の衣類が残った。われながら浅ましいかなと迷いもしたが、「先生」がそこにいらっしゃるようで背筋が伸びる。庭の盆栽と部屋の家具や洋服。当たり前にあった平穏な日々の生活を伝える宝物だ。ここに置いて見つめ、感謝したい。

（30・3・25付）

笑顔になれる日を信じて

池田　照子さん（75歳）——主婦・熊本市東区

外壁の稲妻のような亀裂の跡、裂けた天井を壁紙で張り合わせた跡など、わが家にもまだ地震の爪痕が残っている。益城に隣接しているので揺れも大きかったのだ。主人は自分でできる範囲の修理をした。屋根瓦だけは専門の業者に頼んだ。

地震で壊れてしまった照明器具のうち、トイレや風呂場、階段など数カ所については、和紙やミカンの入っていた赤い網袋などを利用して、電球を覆う部分を自分で作った。次々とアイデアが出て来て楽しくなった。傷だらけのわが家だけど、この家で新年を迎えられたことを本当に感謝している。

もちろん家が半壊でどうにか住めたからできたことだ。全壊したり、仕事をなくしたりと人生が大きく狂った人たちの心の痛みは計り知れないと思う。何もかもなくし、神も仏もいないという心境に違いない。益城に住んでいた娘たちも、目の前で家が崩れるのを見て、私たちの家に避難して来た時は放心状態だった。犬1匹と猫2匹を飼っていたのでペットたちも連れて来た。ペットの世話をすることで、どうにか気持ちを保っているようだった。それでも高校に入学したばかりの孫は、ボランティアに行った。

私と主人は、家をなくした娘たちが少しでも気持ちよく暮らせるようにと部屋を空けてやった。そのために30年間描きためた絵はほとんど捨てた。「死ぬ前にいつかは処分を」と思っていたので、踏ん切りがついてよかった。孫のために部屋を整理して勉強部屋にした。毎日することがたくさんあり、落ち込む暇がなかった。

人は誰かの役に立つことで元気になれる。自分よりもっと大変な誰かを支える。その心で多くのボランティア精神が広がっていったと思う。物の大切さも分かったが、逆に現代の生活がいかに物であふれていたかも分かった。食器や家具や、その他多くの物をなくしたが、工夫次第でいくらでも代用できた。

地震に備えていたことで役に立ったこともある。阪神大震災の報道で地震の恐ろしさを知り、タンスや食器棚は前面下部にだけ板切れをかませて高くし、壁に寄り掛かるような状態にしていたため倒れなかった。タンスの上には一切物を置いていなかった。枕元にはいつも懐中電灯と靴を置いていた。もちろん現在も続けている。

家をなくした娘や孫たちには、この震災の経験を乗り越えて強く生きてほしい。いろいろ学んだこともあったと思う。同じように震災で大きな被害を受けた人たちに少しずつ元気になってほしいと願う。笑顔になれる日が来ることを信じて。

(30・3・30付)

あとがき

熊本地震の直後から、熊日では記者たちが被災現場や避難所、仮設団地などを回り、被害の実態や被災者の思いを記事で伝え続けてきました。ただ膨大な被害の前に、記者が直接会って話を聞ける人は限られます。こうした中、より多くの人たちの体験や思いを掘り起こすことができないかと考え企画したのが、読者の手記を集めた「私と熊本地震」です。

担当した読者・NIEセンターは、読者ひろば面など読者の方々との双方向性の紙面づくりを進めています。熊本地震の後、「地震の体験を伝えたい」「だれかに胸のうちを聞いてほしい」。そんな声を多く聞きました。自分たちに何ができるのか。津山裕二センター長のもと、スタッフで話し合いを重ね、熊本地震に関する手記を載せるコーナーをつくり、投稿を呼び掛けることにしました。

2017年1月に募集を始めました。一人でも多くの方に手記を寄せてもらおうと、益城町や西原村の仮設団地に出向き、手記募集のチラシを配ったり、張り紙をして回ったりもしました。自治会長さんや仮設団地のボランティアスタッフが、人が集まっている場所を教えてくださいました。「仮設にいる皆さんが、今何を思われているか知りたいが、そんな話をすることはありません。新聞で手記を読むのが楽しみ」と声を掛けてくださった人もいました。

締め切りの2月末が迫ると、届く手記が増え始めました。体験や思いを少しでも分かりやすく伝えようと思われたのでしょう。丁寧に書かれた文章には、締め切り間際まで推敲を重ねた跡が見てとれました。「文章を書くのは難しく一度投稿を断念したが、やっぱり書きたい。まだ間に合うでしょうか」と問い合わせる人もいました。最終的に227編が寄せられました。

地震のすさまじい揺れに感じた恐怖。家族や近隣の人たちが支え合う中で確認した絆の大切さ。支援物資やボランティアへの感謝。日常が少しずつ戻っていくことへの安心感。すべての手記を読者・NIEセンターのスタッフが読みました。紙面掲載の際には、伴哲司、三國隆昌、吉田紳一、野田一春の4人のデスクが中心となり、投稿された方に電話やメールで事実関係などを確認しました。「あの地震さえなかったら…」と涙声で語りかけてこられる人もいました。気持ちをまだ整理できない方々がおられることを実感しました。

熊本地震1年の特集面や、日曜の読者ひろば面を中心に、2018年3月末まで1年かけて71編を掲載し、この本に収録しました。紙面の都合上、寄せられたすべての手記を掲載できませんでしたが、投稿していただいた皆さまに深く感謝します。出版することで、皆さんの地震体験や手記に込められた思いが未来に語り継がれていくことを願います。

熊日地方部長（前読者・NIEセンター編集担当部長）　木村　彰宏

熊本地震２年の主な動き

年	月	日	おもな出来事
2016年	4月	14日	午後9時26分ごろ益城町で震度7、M6.5の「前震」発生　▽ガス、電気などライフライン寸断　▽九州新幹線運転見合わせ、回送列車が脱線　▽九州道も区間通行止め　▽熊本城二の丸石垣崩壊
		15日	▽気象庁が「平成28年熊本地震」と命名　▽県庁に現地対策本部設置　▽県警が死者9人確認　▽鶴屋百貨店など休業相次ぐ　▽ソニー、ホンダなど県内立地工場が稼働停止　▽熊本城の天守閣石垣や瓦崩落を確認
		16日	午前1時25分ごろ益城町と西原村で震度7、M7.3の「本震」発生。熊本市や南阿蘇村も震度6強　▽国道57号寸断、阿蘇大橋崩落　▽南阿蘇村でアパート損壊、東海大学生ら死亡。新たに32人死亡で死者計41人　▽住宅被害が拡大　▽断水37万戸、停電8万戸　▽宇土市役所本庁舎が使用不能　▽熊本空港ターミナルビル閉鎖で全便欠航
		17日	避難者が最大18万3882人、グランメッセ熊本に車中泊の避難者1万人
		18日	車中泊の女性がエコノミークラス症候群で死亡
		19日	熊本空港一部運航再開　▽八代市で震度5強
		20日	九州新幹線の新水俣－鹿児島中央が再開　▽九電が県内全域の停電解消を発表
		21日	地震後初の大雨。避難指示・勧告11万7287世帯29万4446人　▽益城町ボランティアセンター開設　▽九州電力が南阿蘇村の黒川第1発電所貯水設備の崩壊を発表　▽JR鹿児島線全線復旧
		22日	白川、緑川など主要河川の堤防138カ所で損傷確認　▽グリーンロード南阿蘇全線再開
		23日	九州新幹線の熊本－博多が再開　▽安倍首相が熊本入り
		24日	益城町にテント村開設
		25日	熊本地震を激甚災害指定
		26日	熊本市の学校134棟「危険」判定　▽震災関連死の疑い14人、エコノミークラス症候群37人と発表　▽九州道の嘉島－八代間開通

年	月	日	おもな出来事
2016年	4月	27日	九州新幹線が全線復旧　▽被災家屋2万7千棟と県発表
		29日	九州道全区間復旧
		30日	国交省が応急危険度判定で「危険」と判定した建物1万2000棟　▽西部ガスが都市ガスの復旧完了を発表
	5月	7日	県立美術館が収蔵品95点損傷と発表
		8日	熊本市が拠点避難所21カ所を設置
		9日	熊本市が家庭ごみ収集再開　▽益城町が窓口業務を一部再開　▽県内の農林漁業被害1072億円と農水省　▽JR九州が阿蘇地域で代替バス運行開始　▽特別法制定を蒲島知事が安倍首相に要望
		10日	熊本市の77小中学校と公立高校17校が再開　▽大規模災害復興法を初適用、「非常災害に指定」
		15日	サッカーJ2ロアッソ熊本がリーグ戦復帰
		16日	水前寺成趣園が再開。東海大熊本キャンパス、平成音大が1カ月ぶりに授業
		19日	天皇、皇后両陛下が南阿蘇村や益城町の避難所を慰問
		24日	やまなみハイウェイ復旧
	6月	1日	鶴屋百貨店が全館営業再開
		2日	熊本空港の国内線全便運航再開
		5日	甲佐町で県内で最初に仮設住宅入居開始
		6日	ホンダが熊本製作所で二輪の生産を再開
		12日	八代市で震度5弱。5弱以上は4月19日以来
		21日	20日夜からの大雨に伴い4市町で6人死亡
		25日	益城町に「益城復興市場　屋台村」オープン
		27日	御船町の町営中原団地などを「長期避難世帯」認定
	7月	1日	九州7県への旅行を促す割安商品「九州ふっこう割」の販売開始　▽東海大熊本キャンパスで農学部阿蘇キャンパスの授業再開
		4日	九州新幹線が通常ダイヤに。約2カ月半ぶり

年	月	日	おもな出来事
2016年	7月	7日	益城町は全半壊した家屋の公費による解体、撤去を開始
		9日	JR豊肥線の阿蘇－豊後荻が運転再開
		17日	県内最大の仮設住宅、益城町のテクノ団地の入居始まる
		19日	熊本市が全半壊家屋の公費解体開始
		24日	益城町と西原村で犠牲者慰霊祭
		26日	震度1以上初のゼロ。前震発生から104日目で初めて
		31日	南阿蘇鉄道（高森―中松間）108日ぶり運行再開　▽南阿蘇村で犠牲者の合同追悼式
	8月	8日	避難者2千人切る
		14日	南阿蘇村の収容遺体を行方不明の大和晃さんと確認
		20日	震度1以上の地震が2千回超える
		30日	県災害対策本部が解散
		31日	熊本、宇城市で震度5弱。震度5弱以上は6月12日以来
	9月	6日	益城町テクノ仮設団地にイオン仮設店舗オープン
		15日	熊本市の最後の避難所閉鎖
		16日	阿蘇山上への登山道路開通
		20日	熊本市の災害対策本部解散
		28日	県が県内の被害額が3兆7850億円に上るとの試算を発表
		29日	震災関連死認定が53人となり、直接死50人を上回る
	10月	8日	阿蘇中岳36年ぶり爆発的噴火
		31日	南阿蘇村立野地区の357世帯を「長期避難世帯」認定　▽益城町などで避難所閉鎖
	11月	1日	阿蘇神社の復旧工事開始
		4日	関連死は82人となり、直接死50人と大雨の二次災害死5人を合わせた犠牲者は137人に
		18日	県内最後の避難所閉鎖
	12月	17日	ディズニーの人気キャラクターが熊本市中心街で支援パレード

年	月	日	おもな出来事
2016年	12月	24日	県道熊本高森線の俵山ルート（西原村―南阿蘇村）再開
		28日	県道菊池・阿蘇スカイラインが再開
2017年	2月	1日	阿蘇地域の宿泊旅行を25%割り引く「阿蘇応援ツアー」事業始まる
		20日	健軍商店街アーケードが修復工事を終える
		25日	熊本市動植物園が部分開園
	3月	21日	公示地価の県内住宅地は平均で前年比マイナス0.1%
	4月	3日	益城町の仮設団地で男性（61）の「孤独死」判明
		13日	3月末時点の県の集計で4万7725人が、県内外の仮設住宅などで〝仮住まい〟していることが判明
		14日	「前震」から1年
		16日	「本震」から1年
	5月	25日	立野地区の山腹崩落現場で本格的復旧工事開始
	7月	5日	1月1日時点の人口動態調査で県内人口は178万6651人。前年から1万3086人の減少
		21日	西原村大切畑地区の全世帯が現在地での集落再生を決める。被災集落の再生計画案決定は県内初
	8月	27日	南阿蘇村の長陽大橋ルート1年4カ月ぶり開通
		31日	立野地区の断水が約500日ぶり解消
	9月	11日	サントリー九州熊本工場が完全復旧
	10月	1日	阿蘇火山博物館が全面再開
		4日	県道阿蘇吉田線の南阿蘇側ルートが1年半ぶり開通
		6日	原則2年の仮設住宅入居期間を1年間延長できる政令改正を閣議決定
		31日	立野地区の「長期避難世帯」認定を解除
	11月	1日	熊本城「復興城主」寄付制度が1年で14億円突破
		17日	国の文化審議会は、益城町の「布田川断層帯」の活断層3カ所を国天然記念物に指定するように答申
	12月	15日	政府は南阿蘇鉄道復旧費の9割超支援の方針固める

年	月	日	おもな出来事
2017年	12月	20日	益城町都市計画審議会は町中心部の復興土地区画整理事業を否決
2018年	1月	23日	県内の関連死200人に
		30日	県内初の災害公営住宅着工
	2月	28日	阿蘇中岳第1火口周辺の立ち入り規制が約3年半ぶり解除
	3月	3日	南阿蘇鉄道は南阿蘇村の立野―中松間（10.6㌔）の復旧工事に着手、22年度の全線復旧目指す
		5日	益城町都市計画審議会は、昨年末否決した復興土地区画整理事業を可決
		24日	菊池市の「菊池渓谷」が約2年ぶりに入山を再開
		27日	県は「震災ミュージアム」整備の基本方針を公表。名称は「熊本地震　記憶の廻廊」
		28日	熊本市は熊本城復旧基本計画を正式決定。計画期間は20年、石垣や建物の2025年度完成目指す
		30日	国道445号の御船町滝尾－七滝間の全面通行止めが解除
	4月	6日	「くまもと復興映画祭」が熊本城二の丸広場で開幕
		14日	「前震」から2年
		16日	「本震」から2年

手記　私と熊本地震

2018(平成30)年8月27日　発行

発　　　行 —— 熊本日日新聞社
制作・発売 —— 熊日出版(熊日サービス開発株式会社 出版部)
〒860-0823 熊本市中央区世安町172
TEL 096(361)3274
装　　　丁 —— 西畑　美希
印　　　刷 —— 株式会社　城野印刷所

ISBN 978-4-87755-582-5 C0095